◎ 中华传统文化观止丛书 ◎

学林出版社

中华传统文化观止丛书

ZHONGHUA CHUANTONG WENHUA GUANZHI CONGSHU

宋元诗观止（下）

本书编委会 编

学林出版社
www.xuelinpress.com

中华传统文化观止丛书
专家委员会

新版前言

《中华传统文化观止丛书》是学林出版社于1995年12月出版的一套大型选本，包括《中华古诗观止》《中华古文观止》《中华古词观止》《中华古曲观止》共四部。1996年，本丛书荣获第十届中国图书奖。

在这套丛书出版二十年之际，我社决定在原书的基础上做增补校订，重新出版。古诗部分，约请骆玉明教授撰写了导读，李梦生编审补充了一些注释，其余各册，一仍其旧。为了方便读者的阅读，本丛书的版式也作了大幅度的调整，注释从尾注全部改为脚注；以作者为纲，以作品为目，按朝代分体，依序排列，每篇都附以题记。然后，将原来四大部的丛书重新排列成二十四本，详见总目。

本丛书之所以称为观止，按原出版前言的说法：一是“叹为观止”，所收的内容皆为精华，且具代表性；二是“观到此为止”，亦即一般的中等文化水平以上的读者读了它便可对中国传统文化有一个概略的了解，即可到此为止。此次出版，除了这两点想法不变之外，更想让广大中小学生在这些变得相对浅近而短小简洁的单本中，做一学生时代的“观到此为止”，庶几不至有数典忘祖的危险，若能做到此，本丛书也算达成了它的又一次的历史功能。二十年后，作者还是那批作者，编辑还是那些编辑，读者却从广大读者延伸向中小学生。愿再过二十年，这套丛书还能让那时的中小学生接着使用，而他们的父辈又可以跟他们讲：瞧，这就是我当年读过的书。

学林出版社

2015年8月

原版前言

中共中央关于《爱国主义教育实施纲要》提出，要让广大干部群众，尤其是广大青少年了解历史，了解祖国，知我中华，爱我中华，兴我中华，激发爱国主义的热烈情感，增强历史使命感和社会责任感。要进行中华民族优秀传统文化教育，用中华民族灿烂文明中所蕴含的崇高的民族精神、民族气节和传统美德，教育、感染广大青少年。为此，我社决定出版一套中华传统文化观止系列丛书。

中国有五千年有文字可考的历史。这五千年中，先人给我们积累了数以十万计的文化典籍。这是我们的光荣和骄傲，但一不小心，也可能成为我们的包袱。早在两千多年前，古人面对比我们少得不知多少的典籍，已经发出了这样的慨叹："吾生也有涯而智也无涯，以有涯随无涯，殆矣。"如果我们剔除其中的消极成分，应该承认，这话说得很有道理。试想，以几十年匆匆的生命，要想览尽无涯的历代典籍，吸尽知识海洋，怎么可能？更何况我们处在"知识爆炸"的今天，有那么多现代知识需要我们去学习，去吸收。

我们要珍视五千年文明史积累下来的文化遗产，因此，需要了解，需要继承；

我们又不能全盘照收五千年积累的文化遗产，因此，需要选择，需要剔除。

这是一种矛盾，是一种必须进行的艰难的选择。

试着解决这种矛盾，我们策划了这套观止丛书。

所谓"观止"，包含两层意思：一是"叹为观止"，即所收的内容应是中国传统文化的精华，是有充分代表性的东西。二是"观到此为止"，即一般的中等文化水平及以上的读者，只要拥有它，便可"尝一脔而知全味"，对中国传统文化有一个概略的了解，如果不想作专门的研究，即可到此为止，庶几不至于有"数典忘祖"的危险。如果有人要继续深造，也可以此为出发点，登堂入室，到传统文化的大海中去搏击遨游。

为此，我们设想，这套观止丛书的选收范围上自先秦，下迄清末民初，以古典文学为主，兼及艺术、音乐、美术、历史、科学等，分专题出版，总计约收一千万字。以每天读五千字计，大约七年时间即可从头到尾读完。对普通读者来说，也许还是太多了一点。但中华传统的文化宝库实在过于丰富，再少便很难反映其真实面貌。好在对于不同的读者，仍完全可以有选择、有重点地读，或把它们当作准工具书查阅，还是有着相当广阔的选择自由的。

为了保证这套观止丛书的代表性与权威性，编选者与本社同人努力做到：一、选目尽量求精。除各书均由中青年骨干学者实际操作外，还特聘全国著名的学者、专家主持选目工作。不仅收入脍炙人口的名作，还努力发掘新的内容。二、评注尽量简明。以原作为主，不搞喧宾夺主的“鉴赏”，也不搞“今译”，让读者享受一种自己咀嚼、消化的乐趣。三、适当加入附录。主要是资料性的内容，与正文互为补充，藉以为读者提供方便。四、装帧尽量精美，使之既可供实用，又能成为居室的美化装潢品和赠送的礼品和奖品。

这套观止丛书将分批推出，现在呈献给读者的是第一辑：《中华古文观止》、《中华古诗观止》、《中华古词观止》、《中华古曲观止》。这里所说的“古”，是“古代”的意思，想必读者一定能够理解。

希望这套书能为全国的爱国主义教育做出小小的贡献。热诚欢迎广大读者多提意见和建议，以便不断修订，做到精益求精。

学林出版社

导　读

骆玉明

策划统筹

贺圣遂

审　定

李梦生

选　目

马美信　　汪涌豪　　刘明今　　贺圣遂

钱振民　　邬国平

撰　稿

丁曦林　　刘明今　　刘明浩　　陆　灏

黄　毅

导读

骆玉明

我们如果想要简单地讨论唐与宋两个朝代的差异，作为了解宋元诗的背景，以下几点可能最为重要：

一、唐是一个由众多民族构成的帝国，宋基本上是一个由单一民族构成的王朝。唐对周边民族据有支配性的影响力，宋与周边民族则大致处于对等地位，这种对等在很多时候又是敌对的。所以唐文化较为开放和多元，宋文化较为单纯。

二、宋是在经过晚唐和五代十国多年的地方军事力量的割据状态之后建立起来的统一王朝，鉴于这种历史教训，统治者自开国始就高度重视对权力特别是对军权的控制。另一方面，在很长时期里在政治上具有顽强势力的士族阶层到宋立国时已彻底退出历史舞台。因此，宋朝皇帝得以建成一种过去的历史上未曾有过的以成熟的文官制度为基础的中央集权空前强化的体制。

三、到了宋代，完备的科举制度才得以建立。这时，家庭背景、社会关系等因素在考试中所起的作用已经很有限。作为文官制度的核心机制，宋代科举每科所取的人数常超过唐代10倍。除了开国初，科举几乎成了士人进入政治舞台、获取社会地位以及优越的物质生活的唯一途径。

从积极的方面来看，上述变化可以说实现了政治权力对平民阶层的广泛开放。在宋代的名臣和著名文人中，像欧阳修、梅尧臣、苏氏父子、黄庭坚等等，都是出身于寒微的家庭。这无疑是一种历史的进步。从另一面来看，上述特点也强化了文人士大夫对于国家政权的依赖性。像唐代文人那样广泛的社会活动，多姿多彩、五花八门的生存方式在宋代渐渐消失了。

与之相应，宋代文人士大夫的思想也受到很大的束缚。君权的高度强化固然决定了文人只能在忠于君主、报效国家的位置上确定自我的角色，而作为政府官员或准备成为政府官员的人，他们也把建设和守卫社会的伦理价值系统视为自己义不容辞的责任。

宋诗与唐诗走着不同的道路。一般说来，宋诗有爱好知性的偏向，而“平淡”被许多诗人尊为最高的境界。日本学者吉川幸次郎在其《宋诗概说》中论宋诗的特点，强调了“悲哀的消退”，正是因为在知性的观照中，悲哀成了幼稚和令人羞耻的感情。其实不仅仅是悲哀，一切激情和表现这种激情的华丽语言，在知性的观照中都显得幼稚，因而通常为宋诗所避忌。无疑，宋诗有它特别的趣味，其优秀之作往往在看似平淡的风貌中包涵了深刻的心思、复杂的心境，对语言的细腻的感觉以及带哲理性的人生感悟。所以，大致激情发越者多喜唐诗，性格沉潜者多爱宋诗。但要说到凭借活跃的情感、富有个性的自由创造，去冲击社会已形成的规制，引发人们对生活的渴望，这种力量在宋诗中显然是贫弱的。

北宋前期诗歌以效仿前代名家为多，方回把这一时期的诗歌分为“白体”、“晚唐体”、“昆体”三派（《送罗寿可诗序》）。其中学白居易的王禹偁的诗，和“宋调”诗主流的形成有更多的关联。

王禹偁怀有士大夫来自儒家传统的使命感，经常提醒自己作为官员应负的社会责任，所以不仅学白居易的闲适诗，也学其诗关怀政治的一面。这种诗虽然思想“正确”，但表达“意义”的欲望比抒发情感的要求更强烈，在艺术上往往比较粗糙。还是一些描绘山水景物、抒发个人生活情怀的作品，更能反映他的艺术造诣。如《村行》这首诗作于王禹偁被贬商州时，政治上的挫折所带来的苦闷被消融在观赏自然的“野兴”中，诗中因而呈现出悠闲的意趣。结末因看到“村桥原树似吾乡”而生的“惆怅”，其实并非普通的怀乡之情，但悲哀被淡化到似有似无的状态。全篇语言浅切，叙述从容连贯，层次清楚，没有突兀惊人的意象，也没有跳荡的表现，正是白居易“闲适”诗的一般特点；但“数峰无语立斜阳”一句以拟人手法写景物，却有着唐诗中不多见的新巧，在以后的宋人诗词中渐渐多起来。

所谓“晚唐体”的概念比较含混，涉及的人物也比较多，其中以林逋最为著名。他是有名的隐士，中年以后独居西湖孤山，据说足迹从不入城市，因而受到官府和名流的敬重。他的《山园小梅》诗中“疏影横斜水清浅，暗香浮动月黄昏”一联特别有名，但全诗格局狭小，并不见佳。

“昆体”一名缘于《西昆酬唱集》一书。其中收真宗时期以杨亿、刘筠、钱惟演为首的一批在馆阁、翰苑任职的文人的唱和应酬之诗。因为这是一些高级官僚带有社交性、娱乐性的写作，展示雍容华贵的生活氛围和高雅的文化素养成为其显著的特点。诗歌风格则效仿李商隐一路，但这主要是表面特征的效仿。

一般评论者都认为宋诗的新格调是从梅尧臣的创作开始形成的，他们都是欧阳修高度赞誉、视为前驱者的人物。

梅尧臣一度和西昆派的钱惟演等关系甚密，后来则对这一派诗歌的娱乐、游戏倾向提出了尖锐的批评，同时也提出了运用诗来维护“道”并为政教服务的理论主张。根据上述主张，梅尧臣写了不少关涉社会问题、反映民生疾苦的作品。如《汝坟贫女》，背景是当时北宋与西夏作战，朝廷从民间征调弓箭手。诗中写到一龙钟老人被强征而死，留下孤女无依，体现出一个下层官吏对时政的不安和对民众的同情。

梅尧臣诗对宋诗发展影响的另一个方面，是有意识地寻找前人未曾注意的题材，或在前人写过的题材上翻新，由此开了宋诗好为新奇、力避陈熟的风气。由于扩大题材包含对琐碎平常的生活内容的描述，而为了避免凡庸无趣味，作者常以哲理性的思考和议论贯穿在其中，以加深诗歌的内涵。这也是宋诗在热情减弱以后，向其他方向发展的一个途径。从后代的情况来看，宋诗中带哲理性的作品也有写得情趣盎然，不过在梅尧臣手里，似乎还没有找到太好的方法。

梅尧臣诗歌的艺术风格，欧阳修谓之“古硬”，又谓之“平淡”，这些评语实际上代表着欧阳修的审美趣尚。而梅尧臣写得最好的诗，是一种虽“平淡”却并不枯槁，在似乎松散的结构、浅白的文字中带着精致和细腻之感的写景抒情之作。像《鲁山山行》前半，“适与野情惬，千山高复低。好峰随处改，幽径独行迷”，似乎随口道来，却写得很美。

苏舜钦与梅尧臣合称“梅苏”，而欧阳修论二人之别，谓“子美力豪隽，以超迈横绝为奇；圣俞思精微，以深远闲淡为意”（《六一诗话》）。

梅、苏本来地位不高，影响力颇为有限。由于处于执政要位、对建立宋王朝主流文化抱有很大决心的欧阳修积极推举，他们才成了开创宋诗新风气的诗人。尤其梅尧臣，更被后人尊为宋诗的开山祖。

王安石很早就以太平宰相自许，其理想决不是要做一个“文人”，但他的一些诗篇确实写得很漂亮。与北宋中期梅、苏、欧等人特别推崇韩愈不同，王安石非常敬重杜甫，他的诗有时能感觉到杜诗的味道。如在罢职闲居的日子里写下的《寄蔡天启》：“杖藜缘堑复穿桥，谁与高秋共寂寥？伫立东岗一搔首，冷云衰草暮迢迢。”杜甫晚年的诗，常把自我的形象孤零零地置于肃杀的秋色中（如《登高》），以表现心境的悲凉，王安石这首诗与之有些相像。只是他作了些淡化的处理。

宋诗对语言的精细讲究，王安石可算是一个代表。他的诗对语言常常是反复锤炼，以求达到精炼而圆熟的状态；因其工巧，能看得出用力之处，但很少有生硬的感觉。如《泊船瓜洲》中的名句“春风又绿江南岸”，据说这个“绿”字，改了十几次才确定下来。

苏轼的诗代表了北宋诗的最高成就。而他之所以能取得这样的成就，不仅仅因为他是一位天才。在当时的文人中，苏轼是最富于浪漫气质和自由个性的人物。他的思想通达而平易，不喜欢过于玄虚、过于偏执的论调。宋代各种笔记里记载了许多苏轼的幽默谈论，这种幽默的个性即来自于他对人性容易陷入虚妄与偏执的清醒认识。

苏轼的诗题材广阔，数量众多，各体兼备，尤擅七言古体和律、绝。宋诗偏向知性所带来的一些显著特点，如散文化、好议论或包蕴道理，好显示才学等，在苏轼诗中也有突出的表现，并且也造成某些缺陷，但他毕竟才华横溢，人生感受极其丰富，因而能够更多地保留诗的趣味。

苏轼诗让人最爱读的有两类。一类是以亲切愉快的心情看待生活，以灵妙的想象和活泼的语言描绘生活中生机盎然、富有情趣的事物，让人感觉到他那富于智慧而又温厚的人格，像《惠崇春江晚景》："竹外桃花三两枝，春江水暖鸭先知。蒌蒿满地芦芽短，正是河豚欲上时。"这本是一首题画诗，但诗人的描绘是富于动态的。在作者对季节物候的敏锐感觉中，传达了对春天初临的欣喜。

另一类是包含着人生哲理的诗。好说理是宋诗的普遍现象。苏轼的一部分优秀之作，尤善于从具体经历、具体景物中触发思考，把哲理与抒情写景融为一体，亲切妥帖，富于才思。如著名的《题西林壁》："横看成岭侧成峰，远近高低各不同。不识庐山真面目，只缘身在此山中。"

北宋后期重要的诗人大多与苏轼有较亲近的关系，其中黄庭坚开创了一种新的风格，它在艺术特征上与从前的宋诗有非常明显的区别。这种诗以其语言、声律的新奇而引起许多人的追随，几乎笼罩了北宋后期至南宋前期的诗坛。因黄庭坚是宋时的江南西路人，人们就把这一派称为"江西诗派"。

大略言之，黄庭坚的诗以讲究法度、刻意求深求异的写作方法，和生新、瘦硬、陡峭的风格为主要特点，给宋诗带来了一种新的变化。它的长处既是通过运用典故、古语扩大了语言的涵量，同时其力避陈俗、逞奇出新的追求，实际就是通过强化诗歌语言的陌生感来刺激阅读上的兴奋，这也是对诗歌特质的追求。而它的弊病，则是每有过分艰奥和生硬的情况，这不仅在理解上造成困难，而且在审美感受上也带来一种压抑和扭曲的感觉。

江西诗派中另一位著名诗人是陈师道。他对黄庭坚非常钦佩，以写诗刻苦著称，黄庭坚称之为"闭门觅句陈无己"（《病起荆江亭即事》）。而写诗的方法，他认为应该是"宁拙毋巧，守朴毋华，宁粗毋弱，宁僻毋俗"（《后山诗话》），所以他的诗绝无华饰，锤炼得很深，语意减缩，加之生活境况和个性的关系，情绪也有些压抑。

南宋先后与金、元对峙，最终亡于元。在这过程里，冲突的各方既有刀剑交加，亦有文化交流。无论金或元，当他们掌握统治权时，都以中国文化传统的承担者自居。因此，不同政权、多个民族的诗人的创作，共同丰富了这一时期诗歌的园地。

南宋初期的诗人，生活经历多横跨北宋与南宋。时代巨变的冲击，在他们的作品中留下鲜明的痕迹。

南宋初最出色的诗人是陈与义。金兵南侵，他经数年颠沛，才抵达南宋都城临安。

陈与义被方回列为江西诗派的"三宗"之一，而现代研究者或表示不赞成。他的诗很讲究字面的研炼和构思的奇巧，这可以看出他跟江西诗派至少有重要的相通之处；但他作诗虽用心甚苦，语欲惊人（见葛胜仲《陈去非诗集序》），但很少是写得艰深拗硬的。他的奇巧主要依赖于敏锐的感受和活跃的想象力而不依赖于学问，这是他和黄庭坚等人的明显区别。

在两宋之际，陈与义的诗给人们带来了一种新鲜感。他写景抒情，常常兼有新颖精巧与自然清丽的特点，如"墙头语鹊衣犹湿，楼外残雷气未平"（《雨晴》）非常细致地写出雨后初晴时的变化，语意新奇却毫不怪特；"客子光阴诗卷里，杏花消息雨声中"（《怀天经智老因访之》）写客居他乡的寂寞心情，看似平淡而实为工巧。

两宋之际被归为江西诗派的诗人尚有吕本中和曾几。和陈与义相似，他们也都有咏叹乱离之悲、感伤国运艰危的诗作。以词名世的李清照也是从战乱中南下，她的《夏日绝句》："生当作人杰，死亦为鬼雄。至今思项羽，不肯过江东。"慷慨雄迈之中，流露着对时世的悲慨。

到了南宋中期，宋与金之间形成相持不下的对峙状态。社会转向安定促进了经济的发展，由于江南优越的地理条件，临安在原来基础上成长为规模宏大、消费活跃的城市，上层和民间的游乐都很热闹，一位不出名的士子林升对此留下了一首很出名的诗："山外青山楼外楼，西湖歌舞几时休。暖风熏得游人醉，直把杭州作汴州。"

但这首诗的讽刺性质，在说明有人已忘却中原的失陷的同时，也正说明了有人对此无法忘怀。在南宋中期的诗词中，呼吁洗雪耻辱、收复中原，渴望建功立业、在实现民族使命的同时成就个人的英雄之梦，仍然是重要主题；当这一切无法实现时，涌发的悲愤也依然浓重。只是文人的情感不只是关注于这一面，在社会相对安定的条件下，各种题材都引起他们的兴趣，人们也有暇对文学的艺术形式和技巧从事深入的探讨，尝试打破前人的模式。

总之，这一阶段是南宋文学最兴盛的时期。诗歌方面有所谓"中兴四大家"：陆游、杨万里、范成大、尤袤，他们各有特色。

范成大曾数任地方大吏，升迁至参知政事。他一生经历很广，其诗涉及的社会生活面也相当广泛，艺术面貌也较复杂。其中最受人们注意的，是他用七绝形式写成的反映社会风情的诗篇，其中他于乾道六年（1170）出使金国时所作72首绝句和晚年退职闲居时所作《四时田园杂兴六十首》最有名。

使金绝句记录了他在北方的见闻与感想。其中写到在金人统治下一些历史遗迹和北宋时代的名胜之地的情形，汉族民众的生活及他们对南宋收复中原的期望等等。范成大完全是在北宋灭亡后生长起来的，但从这些诗来看，却有一种旧地重游、不胜沧桑之感的味道。因为这里表达的是民族情绪，是一个汉族士大夫对本民族文化发源地陷于异族统治的忧患意识与悲愤情感。

《四时田园杂兴六十首》是范成大晚年退居石湖时所作。作者在组诗的小序中说，这些诗是他"野外即事，辄书一绝"而成，也就是由亲身经历、亲眼观察所得，所以生活气息浓厚。如："昼出耘田夜绩麻，村庄儿女各当家。童孙未解供耕织，也傍桑阴学种瓜。"

杨万里号诚斋，他所开创的"诚斋体"，是宋诗在江西派诗风盛兴之后的一大变化。

杨万里描述他学写诗从苦苦追随他人到恍然大悟后随意任兴的过程，非常像一位习禅者对佛理的“证悟”过程；实际上他对诗学的根本看法也是与他对禅学和理学的理解一致的。大概而言，杨万里诗学主张的要点是轻视书本知识，主张亲近日常生活、亲近自然，由此获得诗的素材；反对刻意为诗，认为诗应该自然而然地产生于“是物是事适然触乎我，我之意亦适然感乎是物是事”的过程中（《致徐达书》），即所谓“老夫不是寻诗句，诗句自来寻老夫”（《晚寒题水仙花并湖山》）。这同江西诗派“点铁成金”、“夺胎换骨”的主张和刻意求深求异的作风正是一种反动。

“诚斋体”的优长之处，首先是能够从极平凡的生活和自然景象中发现诗意，像《过松源晨炊漆公店六首》之五：“莫言下岭便无难，赚得行人错喜欢。正入乱山圈子里，一山放出一山拦。”

杨万里的诗在语言形式方面不太用力，多采用自然的口语、俗语，以求在日常化的形态中求得新颖、生动、轻快与风趣的效果。这构成了“诚斋体”的一个基本特征。但实际上自然天成之作并不那么易得，过于随意写诗，难免迹近打油。所以杨万里在留下一部分佳作的同时，也留下不少粗率滑易、浅俗无味的作品。

陆游出身于山阴的一个名宦之家，幼年时常看到长辈在一起悲愤激动地谈论国事，这一家庭氛围自小给他以民族意识的熏陶。但陆游在仕途上一直不大顺利。

陆游享年高而经历广，诗所涉及的内容十分丰富。其中最引人注目的主题，是渴望投身于抗金事业并由此实现个人的功业理想。而由于南宋在与金人的军事对抗中处于劣势，主张妥协求和的主张通常占据上风，因此陆游的这类诗总是既热情奔放，又充满悲愤。而与此相对应，陆游也写了许多描绘乡村风情、自然景物，表现日常生活的诗篇，这类诗大抵呈现出闲适恬和的情调。这种特征，固然与士大夫文学的传统趣味有关，同时也因为陆游一生中有很长时间罢职闲居，沉浸于恬静的乡村生活成为他内心的安慰。上述二类风格不同的诗作，合成了陆游诗的基本面目。

前一个主题的诗歌在很大程度上反映着自北宋灭亡以来民族的共同情绪。但和同时代的同样也关注民族忧患的诗人杨万里、范成大等不同，陆游的这类诗作一是更直接地代表了主战派的心声，一是更富于行动的欲望。对于军旅生活的想象总是容易引起陆游的兴奋，投身壮烈的战争实际也被理解为对凡庸人生的超越。像《金错刀行》所写“黄金错刀白玉装，夜穿窗扉出光芒。丈夫五十功未立，提刀独立顾八荒。京华结交尽奇士，意气相期共生死”一类诗句中，可以清楚看到个人形象的浮凸。

在南宋覆灭的日子里，文天祥作为殉国者，写下了宋诗最后的篇章。

在蒙古大军进逼临安时，文天祥被委为右丞相兼枢密使。随后即至元军中谈判，被扣押。后脱险南逃，继续从事复国活动，再度因兵败被俘，押到大都（今北京）囚禁四年，因他不肯屈降，终于被杀。对南宋的覆亡无可逆转这一严酷事实，文天祥是有认识的；甚至，他也并不反对自己的亲人出仕元朝。但即便如此，他仍然坚持自己的人生选择，鞠躬尽瘁，继之以死。这种高贵的人格精神在其相关的诗篇中有着强烈的表现，如《过零丁洋》将个人身世之悲与国家危亡之悲融为一体，交织着悲怆、哀婉、激奋、绝望等种种复杂的心情，给人以很深的感动；千古名句“人生自古谁无死，留取丹心照汗青”，激励了无数后人。

从元王朝统治北方至统一全国不久的一段时期，出身于北方的诗人主要有耶律楚材、郝经、刘因等。这一时期的元诗成就有限，但北方的诗人们仍然表现了自己的特色。

耶律楚材是辽皇族的子孙，仕于金，后为成吉思汗召用，终成元初的名相；郝经是汉人，受元世祖忽必烈的器重，后作为国信使去南宋，遭拘禁达十数年，始终不屈。他以儒家的气节奉事元主，而为元人所敬重。在历史大变局中人们如何选择，如何确立价值和意义，对于研究中国文化而言这是很值得注意的例子。

元统一全国以后，由南宋入元的诗文作家，主要有赵孟頫、戴表元以及仇远等人。

到了元代中期，社会趋向稳定，蒙古统治者对汉文化表示了更多的尊重，文人的心态逐渐从战争和改朝换代的冲击中摆脱出来。自赵孟頫北上，带来“风流儒雅”的诗歌趣味，此时在以京师为中心的诗坛进一步扩大了影响。其时主要作家是有“元四家”之称的虞集、杨载、范梈、揭傒斯。他们先后在京城担任翰林等馆阁职务，常相互唱和切磋，遂成为宗师式的人物。四家的诗歌取向以宗唐复古为主导，而与宋诗相背。如杨载主张“诗当取材于汉魏，而音节则以唐为宗”（《元史》本传），就是颇有代表性的意见。

《元诗选》称四家诗“为有元一代之极盛”，后世沿袭此评价的颇多。就对诗艺的讲究和写作的精致来说，他们确实是元代最突出的。但这四人作为馆阁文人，所作难免受到正统美学趣味的限制，在个性的表现方面实不及元末诗人。

元代后期实为元诗真正的高峰，其时主要诗人有萨都剌、杨维桢、高启、顾瑛等，他们活动的地域主要在东南一带的城市。

元后期，东南一带城市的经济发展很快，市民阶层也远较前代为壮大。在崇尚“功利”的社会氛围中，市民中的上层人物往往在地方上有很大影响，这种影响并且渗透到文化领域。如诗人顾瑛、画家倪瓒，均是富豪。明王世贞《艺苑卮言》说他们凭借自身的资财与才能，“风流豪赏，为东南之冠，而杨廉夫（维桢）实主斯盟”。商人与文艺关系如此之深，在过去是没有过的。

他们的诗因为与市民社会、市民文化的密切关联，而形成某些独特面貌。一个特点是富于世俗生活的情调，常以赞赏的态度描述城市的繁荣、人生的享乐，另一个特点是自我意识较为强烈，如杨维桢的《大人词》、高启的《青丘子歌》、顾瑛的《自题像》等，都直接描绘了自身的精神形象，表现了尊重自我个性的要求。同时，他们的诗在艺术风格上也多有突破传统规范之处；杨维桢的诗更被人攻击为“文妖”。从另一角度来看，元代后期诗歌在生活情趣和题材、语汇等诸多方面，都受到新兴的市井文艺——小说、戏剧、散曲的影响，所谓“雅”文学和“俗”文学的界限变得模糊了。而这一切意味着古典诗歌正在寻求新的历史变化。

目　录

吕本中（1084—1145） 宋诗人。字居仁，寿州（今安徽凤台）人。少以荫补承务郎，绍兴六年（1136）进士，迁中书舍人，兼直学士院，以触怒秦桧被劾罢官，从事著述和讲学。曾作《江西诗社宗派图》，以黄庭坚为首，陈师道等二十四人序列于下，正式提出了“江西诗派”的名称。其诗早期有意学黄庭坚、陈师道，后经历了靖康战乱，多写家国之痛、流离之苦，诗风也由早期的工致平夷转向真切沉郁。著作有《东莱先生诗集》。

题淮上亭子[①]

【题解】

这首诗造语新颖，声调微拗，风格瘦劲，旨意曲折幽深，体现了江西诗派的典型风格。

亭下长淮百尺深，亭前双树老侵寻[②]。暮云秋雁且南北，断垄荒园无古今。露草欲随霜草尽[③]，归樯时度去樯阴[④]。秋风未满鲈鱼兴，更有江湖万里心[⑤]。

---

① 本诗选自四库全书本《东莱先生诗集》卷六。② 侵寻：渐进，范围逐渐扩大。此句谓双树枝老叶茂，荫蔽甚广。③ 露草：沾着露水的草。霜草：下了霜的草。此句谓秋寒，露水将结为霜，草渐渐地枯萎。④ 樯：桅杆，借指船。此句言船只往来交错时去船往往把阴影投在归船上。⑤ “秋风”两句据《世说新语·识鉴》：“张季鹰辟齐王东曹掾，在洛见秋风起，因思吴中菰菜羹、鲈鱼脍，曰：‘人生贵得适意尔，何能羁宦数千里以要名爵。’遂命驾便归。”言漂泊江湖，一心归隐。

（刘明今）

柳州开元寺夏雨[①]

【题解】

此诗是吕本中在南宋初避乱广西时所作。诗中细腻地描写了广西秀丽幽邃的山川景物以及自己客居怀乡的寂寞心境。末两句表示自甘隐沦，无封侯之想。方回认为此乃是他“闻将相骤贵者”而写的嘲讽之笔(见《瀛奎律髓》卷十七)，联系其《兵乱后杂诗》所写“欲逐范仔辈，同盟起义师”、“汝为误国贼，我作破家人”等语，当为可信。

风雨潇潇似晚秋，鸦归门掩伴僧幽。云深不见千岩秀，水涨初闻万壑流[②]。钟唤梦回空怅望，人传书至竟沈浮[③]。面如田字非吾相[④]，莫羡班超封列侯[⑤]。

---

① 本诗选自《瀛奎律髓》卷十七。② “云深”二句：写山中景色，化用《世说新语·言语》顾恺之形容会稽山川之美“千岩竞秀，万壑争流”。③ 竟沈浮：没有料想到信竟遗失了。语出《世说新语·任诞》：殷洪乔离京赴豫章，受人之托带书信有百余封，乃悉投之水，祝曰：“沉者自沉，浮者自浮，殷洪乔不能作致书邮。”④ 面如田字：李安民为六朝名将，《南齐书》本传称他“面方如田，封侯相也”。⑤ 班超：汉名将，通西域有功，封定远侯(见《后汉书·班超传》)。

(刘明今)

李清照（1084—1151？） 宋著名女词人。号易安居士，济南（今属山东）人。李格非女，赵明诚妻。幼承家学，工诗词。金兵南侵，她渡江至建康。不久赵明诚病卒，她辗转台州、温州、杭州等地，颠沛流离，备极凄苦。李清照词感情细腻，风格清丽，以婉约称；其诗则沉郁苍凉，多伤感时事之作，与词风迥异。著作有《漱玉集》。

夏日绝句①

【题解】

此诗当作于南渡之后。作者称颂项羽"不肯过江东"的精神，其意显然在批评当时偏安一隅、不图恢复的南渡君臣。

生当作人杰，死亦为鬼雄。至今思项羽，不肯过江东。

---

① 本诗选自中华书局1962年版《李清照集》。

（刘明今）

曾几（1084—1166） 宋诗人。字吉甫，号茶山居士，原籍赣州（今属江西），迁居洛阳。几幼有文名，试吏部，赐上舍出身，擢国子正。高宗时历江西、浙西提刑，以忤秦桧去官，寓居上饶茶山七年。桧死，复官，孝宗时以通奉大夫致仕。曾几是江西诗派的重要诗人，论诗重句律，推崇杜甫、黄庭坚、陈师道三家。其诗清新活泼，风韵流美。著有《茶山集》。

三衢道中①

【题解】

曾几论诗重视活法，不拘故常。此诗语言平易，风格轻快活泼，已经开了杨万里诚斋体的先声。

梅子黄时日日晴，小溪泛尽却山行。绿阴不减来时路，添得黄鹂四五声。

---

① 本诗选自四库全书本《茶山集》卷八。三衢：三衢山，在今浙江衢州市。

（刘明今）

寓居吴兴[1]

【题解】

曾几的诗大都轻快活泼，然这首却写得很沉重，时代的阴影压得诗人透不过气来。诗中写的是作者寓居吴兴时彷徨苦闷的生活，然也是当时朝中士大夫精神状态的写照。对己，是自讽，是鞭策；对于当朝者，便是一种尖锐的批评。

相对真成泣楚囚，遂无末策到神州[2]。但知绕树如飞鹊，不解营巢似拙鸠[3]。江北江南犹断绝，秋风秋雨敢淹留。低回又作荆州梦[4]，落日孤云始欲愁。

---

① 本诗选自四库全书本《茶山集》卷六。② 楚囚：《左传·成公九年》："晋侯观于军府，见锺仪，问之曰：'南冠而絷者谁也？'有司对曰：'郑人所献楚囚也'。"末策：最起码的计谋、安排。神州：这里指中原沦丧于金人的地区。"相对"两句：慨叹虽有不忘中原之心，但却无具体的计划、行动。典出《世说新语·言语》：晋室南渡后，士大夫多喜聚会于南京新亭。有一次周顗叹息，说："风景不殊，举目有山河之异！"众相视流泪。王导变色而起曰："当共戮力王室，克复神州，何至作楚囚相对！"③ "绕树"句：用曹操《短歌行》"月明星稀，乌鹊南飞，绕树三匝，无枝可依"句，言自己颠沛流离。鸠：鸤鸠。据说鸠不善于筑巢。此句言自己无能，不能找到一处安居之地。④ 荆州：古九州之一，宋为江陵府（治所在今湖北江陵）。此用汉末王粲见天下大乱，遂去荆州依托刘表典，说自己想找托身之地只是梦想。当时是接近宋金边界的前线。此句写作者对前方军事的惦念以及对抗战的想往。

（刘明今）

夏夜闻雨[①]

【题解】

作者在这首诗中，写了夏夜闻雨的忧愁与喜乐，鲜明地将两种态度相对照，提倡忧国忧民应以百姓之忧乐为忧乐。

凉风急雨夜萧萧[②]，便恐江南草木彫[③]。自为丰年喜无寐，不关窗外有芭蕉[④]。

① 本诗选自四库全书本《茶山集》卷八。② 萧萧：风雨声。③“便恐”句：言夏夜一场暴雨也可能带来水患，对庄稼不利，故亦可忧。④“不关”句：雨打芭蕉，常使人无眠。诗人指出，他之所以无眠，是高兴雨可解旱将有丰年，与雨打芭蕉无关。

（刘明今）

朱弁(1085？—1144) 宋诗人。字少章，号观如居士，婺源(今属江西)人。建炎初，以两宫通问使使金，被金人拘留，凡16年，守节不屈。绍兴十三年(1143)南归，官至奉议郎。著作有《曲洧旧闻》、《风月堂诗话》。

送　春[①]

【题解】

此诗是朱弁被拘北国时所作。北方春天来得迟，春意不及南方浓厚，而又去得快，一转眼便是炎热的夏天。作者此诗正紧扣这些特点加以描绘，突出了自己对南方故国的思念。尤其末句“羡君才到便成归”，与历来惜春的立意正相反，希望自己也能如春那样很快地回到南方去，可谓意巧而语新。

风烟节物眼中稀[②]，三月人犹恋褚衣[③]。结就客愁云片段，唤回乡梦雨霏微。小桃山下花初见，弱柳沙头絮未飞[④]。把酒送春无别语，羡君才到便成归[⑤]。

---

① 本诗选自《宋诗纪事》卷四十三。② 节物：能反映节令风俗习惯的景物。眼中稀：很少见到。③ 褚(zhǔ)衣：装有丝绵的衣服，即棉衣。北方春天到得迟，故时届三月，人们犹穿棉衣。④“小桃”两句：写北方春晚，三月桃花初现，柳尚未飞絮。⑤“把酒”二句：言北方三月尚初有春意，而从时历上春天就将过去了。

(刘明今)

萧德藻（生卒年不详） 南宋诗人。字东夫，号千岩居士，闽清（今属福建）人。绍兴二十一年（1151）进士，授乌程令，官至福建帅参使。其诗以瘦硬见称于时，与尤袤、杨万里、范成大、陆游四大家齐名。然过于求新，不免苦涩之弊，颇为后人所讥。著作有《千岩择稿》，已佚。

古　　梅[①]

【题解】

此诗咏写水边古梅，风格奇峭。陈衍《宋诗精华录》评云："梅花诗之工，至此可叹观止，非和靖所想得到矣。"然林逋所咏的山园小梅疏影横斜，暗香浮动，此则虬枝危立，丑怪惊人。一为清艳之美，一为奇丑之美，二者所咏的梅格不同，诗格亦迥然有别，似不必强分高下。原作两首，此为其中之一。

湘妃危立冻蛟脊[②]，海月冷挂珊瑚枝。丑怪惊人能妩媚，断魂只有晓寒知。

---

① 本诗选自《宋诗纪事》卷五十。② 湘妃：即娥皇、女英，舜之二妃，传说死后为湘水之神。此以"湘妃危立"形容古梅瘦挺之姿态。冻蛟脊：形容古梅奇崛挺立的桠杈。

（刘明今）

韩驹(1080—1135) 宋诗人。字子苍,蜀仙井监(今四川仁寿)人。徽宗政和初以献颂补假将仕郎,召试,赐进士出身,除秘书省正字,累官著作郎、中书舍人、直学院士。高宗时知江州,卒于抚州。其学源于苏氏,诗风清逸。吕本中作江西诗派图,列驹其中,驹不乐。著作有《陵阳集》。

和李上舍冬日书事①

【题解】

宋熙宁后太学分上舍、内舍、外舍,上舍是太学生中最高一级。李上舍,名不详。据吴曾《能改斋漫录》记载,此诗为韩驹当分宁(今江西修水)县宰时所作。韩驹蜀人,在江西多年,受江西诗风的影响是很自然的。此诗工于锻炼,风格瘦劲。颔联、颈联句法的变化,"拥"、"翻"、"坠"等字的使用,均体现了江西诗派的特征。

北风吹日昼多阴,日暮拥阶黄叶深②。倦鹊逸枝翻冻影,飞鸿摩月坠孤音③。推愁不去如相觅,与老无期稍见侵④。顾藉微官少年事,病来那复一分心⑤?

---

① 本诗选自四库全书本《陵阳集》卷三。② 拥阶:黄叶在阶下堆积得很厚,故诗人以"拥阶"来形容。③"飞鸿"句:意为鸿飞得很高,几乎迫近月亮,故其鸣声也好像是从高空坠落下来。④"推愁"两句:意谓想把愁推开,却办不到,愁好像自己找来一般;还没有想到要老,老却开始来了。⑤ 顾藉:顾念、顾惜。"顾藉"两句意谓:眷念做官如何如何,这是年青时候的事,如今老病在身,哪有心思再顾及呢?

(刘明今)

题伯时所画宫女[1]

韩　驹

【题解】

李伯时名公麟，北宋著名画家，擅长人物、鞍马，论者谓其画“以立意为先，布置缘饰为次”。韩驹此诗题其背面仕女图，亦紧扣着画的立意，处处强调“背面”二字；然又不描写此仕女背面的特征，因为画中必已提供了鲜明的图像，已无庸赘言，而是展开想像，引导读者去设想画家所暗示，然而又无法表现的仕女的正面眉目，因而更突出了画家作画的立意，起到诗与画相得益彰的效果。

睡起昭阳暗淡妆[2]，不知缘底背斜阳[3]。若教转盼一回首，三十六宫无粉光。

---

① 本诗选自四库全书本《陵阳集》卷四。② 昭阳：汉宫名。③ 缘底：缘何。

（刘明今）

洪炎（生卒年不详） 宋诗人。字玉父，南昌（今属江西）人。黄庭坚的外甥，与兄朋、刍，弟羽号“四洪”，皆能诗。绍圣元年（1094）进士，为谷城令，坐元祐党贬窜。高宗朝官至秘书少监。著有《西渡集》。

次韵公实雷雨一首①

【题解】

此诗作于南渡之后，作者因雷雨兴感，痛切河山沦失，“河洛腥膻”。篇末表示有意向皇帝陈情，一抒忠愤之怀，然犹恐人微言轻，无济于事。

惊雷势欲拔三山，急雨声如倒百川。但作奇寒侵客梦，若为一震静胡烟②！田园荆棘漫流水，河洛腥膻今几年③？拟叩九关笺帝所④，人非大手笔非椽⑤。

---

① 本诗选自四库全书本《西渡集》卷上。② 若为：怎能。胡烟：指金兵南侵。③ 河洛腥膻（shān）：喻中原一带沦入金人之手。④ 九关：指皇宫。笺：写给帝王的奏疏，此作动词。⑤ 大手：即大手笔，文章的高手。椽：安放在梁上支架屋面和瓦片的木条。以椽喻笔语出《晋书·王珣传》：“珣梦人以大笔如椽与之。”此句自谦非文章高手，所言难以奏效。又，唐张说、苏颋并为高官而以文章名世，人称“燕许大手笔”。此言“人非大手”有人微言轻之意。

（刘明今）

陈与义（1090—1138） 宋诗人。字去非，号简斋，洛阳（今属河南）人。政和中举进士，授开德府教授，后因权相王黼牵连，贬监陈留酒税。高宗绍兴间官至参知政事。陈与义是江西诗派的重要作家，作诗宗杜甫，并博采黄、陈诸家，诗风简洁雄浑，为当时所推重。尤其南渡后的一些作品，抚事感时，忧愤深广，不独得杜诗的句法，亦得杜诗的精神，被认为是江西派诗风新的开拓者。元方回总结江西派诗歌创作，标举“一祖三宗”，即以杜甫为“一祖”，黄庭坚、陈师道及陈与义并为“三宗”。著作有《简斋集》。

雨①

【题解】

这首诗写夏末秋初的雨。所谓一雨成秋，在饱受夏日酷暑之后，这样的雨是十分令人喜爱的，故诗中有“一凉恩到骨”之句；但这雨又兆示着秋季的来临，春夏浓绿的草木将逐渐暗淡枯萎，因此又易使人产生一些凄凉之感。当然作者末句作“西风吹客衣”之叹，并不仅仅因此而发，更与作者当时的处境有密切的关系。据胡穉《简斋先生年谱》，此诗作于徽宗政和八年（1118），其时陈与义已解去开德府教授之职，滞留京师，等待新的安排，故心情颇为沉闷，觉得事事多不如意，在京师繁华的氛围下不免有一种失落之感。

---

① 本诗选自中华书局校点本《陈与义集》卷四。

萧萧十日雨，稳送祝融归[②]。燕子经年梦，梧桐昨暮非[③]。一凉恩到骨，四壁事多违。衮衮繁华地[④]，西风吹客衣。

② 祝融：夏季之神（见《礼记·月令》）。③ “燕子”两句：言到了秋天，燕子将要回到南方去，回顾年来（由春徂秋）往事，犹如一梦。梧桐经秋将凋零，今日之梧桐已与昨夜不一样了，抒发了诗人对人生的感叹。④ 衮衮：相继不绝。杜甫《醉时歌》：“诸公衮衮登台省。”京师达官贵人多，故称“衮衮繁华地”。

（刘明今）

清　明[①]

【题解】

陈与义《清明》二绝，前一首写少年男女踏春游乐的景象，“街头女儿双髻鸦，随蜂趁蝶学妖邪”；后一首则写自己的心情，对周围人事景物的感受，体现了一种不同流俗的有道者的精神。此诗风格自然，纯以白描手法抒写，体现了宋人以平淡为美的艺术旨趣。陈与义曾自称“忽有好诗生眼底，安排句法已难寻”（《春日二首》之一），所指正是这一类诗。本篇为其中第二首。

① 本诗选自中华书局校点本《陈与义集》卷十。

卷地风抛市井声[②]，病夫危坐了清明[③]。一帘晚日看收尽，杨柳微风百媚生。

② 市井声：街头喧闹之声。③ 病夫：作者自谓。危坐：端坐。了：了却，度过。

（刘明今）

伤　春[①]

【题解】

此诗作于高宗建炎四年（1130），其时金兵大举南侵，诗人为避乱正流寓湖、湘之间。前年冬，金兵陷临安，高宗逃至明州（今浙江宁波），遁入海舟中次；年一月，金兵又陷明州，高宗再逃至温州，诗中“岂知穷海看飞龙”的感叹正是由此而发。此诗题为“伤春”，然并没有以春为寓托，而是直接抒发了作者对国事的忧愤，鞭挞宋高宗的逃跑政策，赞扬敢于抗敌的爱国将领。

庙堂无策可平戎[②]，坐使甘泉照夕烽[③]。初怪上都闻战马[④]，岂

① 本诗选自中华书局校点本《陈与义集》卷二十六。② 庙堂：宗庙与明堂，借以指朝廷。③ 坐使：因使，致使。甘泉：汉代皇帝的行宫。《汉书·匈奴传》：“胡骑入代句注边，烽火通于甘泉、长安。”此句意谓前线告急的烽火把皇帝的宫殿都照红了。④ 上都：京城，这里指临安。

知穷海看飞龙⑤！孤臣霜发三千丈⑥，每岁烟花一万重⑦。稍喜长沙向延阁⑧，疲兵敢犯犬羊锋⑨！

---

⑤ 穷海：僻远的海上。飞龙：指帝王。比喻逃之夭夭的宋高宗。⑥ 孤臣：陈与义自谓。霜发：白发。此句用李白《秋浦歌》“白发三千丈，缘愁似个长”句。⑦ 烟花：泛指春景。此句用杜甫《伤春》“关塞三千里，烟花一万重”句。⑧ 向延阁：指向子諲。延阁是汉代皇帝的藏书处，向子諲曾仕秘书阁直学士，故以此相称。建炎中向子諲知潭州（今湖南长沙），金兵来攻，向组织军民抗击，城破，犹巷战不屈。⑨ 犯：抵抗。犬羊：诗人对金兵的蔑称。

（刘明今）

雨中再赋海山楼①

【题解】

海山楼在广州镇南门外。诗人自靖康元年（1126）南奔，绍兴元年（1131）春流寓至岭南，此诗即其时所作。长期颠沛流离的生活使陈与义的诗风发生了明显的变化，摆脱了早期句律的束缚，思日深，愤日广，诗益趋奇壮。此诗赋海山楼，把海山楼壮阔的气势与诗人豪迈激愤的胸襟结合在一起加以描写，情景交融，气韵浑厚，可谓得杜诗之神髓。

---

① 本诗选自中华书局校点本《陈与义集》卷二十七。

百尺阑干横海立，一生襟抱与山开。岸边天影随潮入，楼上春容带雨来②。慷慨赋诗还自恨，徘徊舒啸却生哀。灭胡猛士今安有？非复当年单父台③。

---

② 春容：春日的景致，指海山楼上所见的山光水态、树色云影。③ 单父台：即宓子贱琴台，在山东单县城北一里，高三丈。杜甫曾登此台，作《昔游》诗云："是时仓廪实，洞达寰区开。猛士思灭胡，将帅望三台。君王无所惜，驾驭英雄材。"杜甫当日登单父台正值唐玄宗盛世，对幽燕用武，兵壮将勇。而作者此时登海山楼，山水气势不可谓不壮观，然山河破碎，国力萎弱，与盛唐不可同日而语，故作者有此句感叹。

（刘明今）

江　南　春①

【题解】

此诗当是作者南渡初流寓江南时所作。作者为避金兵，自靖康元年(1126)至绍兴元年(1131)过了五年的流亡生活。一方面江南清丽婉媚的山光水色使他陶醉，另一方面辱国丧地之痛、家乡之恋又时刻萦绕在他的心头，拂之不去，于是便发出了"江南虽好不如归"的感叹。

---

① 本诗选自中华书局校点本《陈与义集》卷二。

雨后江上绿，客愁随眼新[②]。桃花十里影，摇荡一江春。朝风逆船波浪恶，暮风送船无处泊。江南虽好不如归，老荠迯墙人得肥[③]？

② “客愁”句：言景物的新变说明了时序的推移、旅程的延伸，故作者的愁思也愈益加深。
③ 荠(jì)：蒺藜。“老荠迯墙”是荒芜的景象。

（刘明今）

朱淑真（生卒年不详） 北宋末南宋初女诗人。号幽栖居士，钱塘（今浙江杭州）人。出身仕宦家庭，自幼好文艺，工书画，擅诗词。后嫁一俗吏，琴瑟不调，抑郁而终。著作有《断肠集》、《断肠词》。

恨 春[1]

【题解】

朱淑真一生写了大量的伤春之诗，这是其中之一。春是一切美好事物的象征，朱淑真自幼多才，向往美满的爱情生活，希望能找一位才貌双全的夫婿，然所适非偶，这便造成了她终生的悲剧。于是她惜春、伤春、恨春，藉诗遣怀，痛惜韶华的消逝、理想的落空以及命运的乖舛。这首诗风格婉柔，感情凄苦，正是朱淑真这一类诗的代表作。原诗共5首，此为其中第四首。

迟迟花日上帘钩，尽日无人独倚楼。蝶使蜂媒传客恨，莺梭柳线织春愁。碧云信断惟劳梦，红叶成诗想到秋[2]。几许别离多少泪，不堪重省不堪流。

---

① 本诗选自上海古籍出版社1986年版《朱淑真集》前集卷二。② 红叶成诗：据范摅《云溪友议》记载：唐宣宗时，卢渥舍人进京应举，偶临御沟，见一红叶，叶上有一绝句，置之箱中。及宣宗省放宫女，卢渥亦分得一名，此宫女睹红叶而吁嗟久之，曰："当时偶题随流，不谓郎君收藏中箧。"验其书迹，无不讶焉。诗曰："流水何太急，深宫尽日闲。殷勤谢红叶，好去到人间。"

（刘明今）

自　责[1]

【题解】

朱淑真为宋代著名女才人，与李清照齐名，诗写得比李清照多。其《自责》二首，第一首写“女子弄文诚可罪，那堪咏月更吟风”。这是第二首，写读了诗反添愁绪，这显然是激愤之下的反话，但亦不可说不是大实话。朱淑真如果有一美满的婚姻，必不会写这许多伤春怨秋的诗，而如不是心中愁思不解，也不会读诗后“添得情怀转萧索”。故此诗既是“自责”，更是对被强加的难以改变的命运的控诉。

闷无消遣只看诗，又见诗中话别离。添得情怀转萧索，始知伶悧不如痴[2]。

---

① 本诗选自上海古籍出版社1986年版《朱淑真集》前集卷十。② 伶悧：即伶俐，聪明乖巧。

（刘明今）

张元幹（1091—1160？） 宋词人、诗人。字仲宗，号芦川居士，长乐（今属福建）人。靖康元年（1126）李纲任兵部侍郎、亲征行营使，张元幹为其属官。后曾任将作少监。高宗绍兴元年（1131）弃官归隐，以寿终。著作有《芦川归来集》、《芦川词》。

兰溪舟中寄苏粹中[①]

【题解】

张元幹以词名世，善于以豪放的格调、跌宕腾挪的笔势来抒发自己慷慨报国的志向。这首诗亦具有同样的特点。其中颔联二句对仗工练，句法奇崛，颇有江西派诗的遗风。然全诗并无滞涩之病，自然雄浑，清新流畅，托物寓意，表达深沉的家国之痛。兰溪，富春江上游的一条支脉。苏粹中，不详。

气吞万里境中事，心老经年江上行[②]。三径已荒无蚁梦[③]，一钱不直有鸥盟[④]。云收远嶂晚风熟[⑤]，浪打寒滩春水生。鸿雁北飞知我意，为传诗句濮阳城[⑥]。

---

① 本诗选自四库全书本《芦川归来集》卷三。② 经年：屡年，频年。③ 三径：隐居者往来之路，典出汉蒋诩隐于杜陵事。蚁梦：即南柯一梦，故事出唐李公佐《南柯太守传》，记士子淳于棼梦入蚁国历尽荣华富贵，醒后始知是梦。此句写自己无功名利禄之想。④ 鸥盟：指与鸥鸟结盟游于水云之乡，即隐居之意。⑤ 嶂：高险如屏障的山峰。⑥ 濮阳：今属河南，时已为金人占领。苏粹中可能滞留在濮阳。

（刘明今）

刘子翚（1101—1147） 宋诗人。字彦冲，号病翁，崇安（今属福建）人。以荫补承务郎，曾通判兴化军。后因病辞归武夷山讲学，人称屏山先生。其诗爽朗清越，言志抒怀，情采颇富。著作有《屏山集》。

汴京纪事[1]

【题解】

《汴京纪事》共20首，所纪皆靖康之变前汴京的时事，充满家国沦丧、往事繁荣如梦的感叹。为刘子翚的代表作，翁方纲称其“皆有关一代事迹，非仅嘲评花月之作也。宋人七绝自以此种为精诣”（《石洲诗话》）。此为其中的第十七首、第二十首。

梁园歌舞足风流[2]，美酒如刀解断愁[3]。忆得少年多乐事，夜深灯火上樊楼[4]。

---

① 本诗选自清康熙刻本《刘屏山先生集》卷十八。② 梁园：在今开封市东南，汉梁孝王所筑，为当时著名的游赏胜地，至宋代早已荒芜。这里用以泛指汴京的游乐场所。③ “美酒”句：李白《宣州谢朓楼饯别校书叔云》有“抽刀断水水更流，举杯销愁愁更愁”之句，此反用其意。④ 樊楼：汴京的著名酒楼，又名丰乐楼。

其　二

辇毂繁华事可伤[⑤],师师垂老过湖湘[⑥]。缕衣檀板无颜色[⑦],一曲当时动帝王。

---

⑤ 辇毂:皇帝的车驾,此借称京城。⑥ 师师:汴京著名的妓女,为宋徽宗所狎幸,当时名士周邦彦、晁冲之都曾在诗词中提及她。据宋无名氏《李师师外传》,金兵入汴梁后,她不肯屈身事金人,吞簪自杀。然据《三朝北盟会编》及《墨庄漫录》所载,她晚年曾流落在湖南、浙江等地。刘子翚此诗所记为后一说,通过李师师前后生活的对比,反映了汴京当时的盛衰剧变。⑦ 缕衣:彩线编织的衣服。檀板:檀木制的拍板。此句刻画李师师流落湖湘时的凄凉景况。

(刘明今)

陆游（1125—1210） 南宋诗人。字务观，自号放翁，越州山阴（今浙江绍兴）人。绍兴中考进士时，因名列秦桧孙子秦埙之前，被黜免。孝宗即位，赐进士出身，曾任镇江、隆兴通判。乾道六年（1170）入蜀，任夔州通判。乾道八年，入四川宣抚使王炎幕府。官至宝章阁待制。晚年退居家乡。陆游工诗、文，长于史学。与尤袤、杨万里、范成大并称南宋四大家。其诗今存九千余首，清新圆润，格力恢宏。著作有《剑南诗稿》、《渭南文集》、《南唐书》、《老学庵笔记》等。

游山西村[①]

【题解】

此诗写于孝宗乾道三年（1167）。在此之前，诗人曾任隆兴府通判，因极力赞助张浚北伐，被投降派劾以“交结台谏，鼓唱是非，力说张浚用兵”的罪名，罢归故里。诗人脱离黑暗的官场，置身家乡纯朴、清新的生活环境，倍感欣慰。此诗写的虽是闲适的乡居生活，却流露出诗人未能忘情国事的胸怀。全诗结构严谨，主线突出，语句圆润，是一首艺术水平很高的七律诗。

莫笑农家腊酒浑[②]，丰年留客足鸡豚[③]，山重水复疑无路，柳暗

---

① 本诗选自四库全书本《剑南诗稿》卷一。② 腊酒：头一年腊月所酿的酒。③ 鸡豚：鸡、猪，此代指丰盛的菜肴。

花明又一村。箫鼓追随春社近[4],衣冠简朴古风存。从今若许闲乘月[5],拄杖无时夜叩门[6]。

④ 春社:古代以立春后第五个戊日(古代用干支纪日)为春社日,民间于是日祭土地神。⑤ 闲乘月:有空暇时趁着月明之夜前来。⑥ 无时:随时。

(丁曦林)

剑门道中遇微雨[1]

【题解】

此诗作于南宋孝宗乾道八年(1172)冬。当时,诗人由抗金前线军事重镇南郑(今陕西汉中)调回后方大都市成都,途经剑门山,写了此诗。虽然此行是离危就安,但诗人不图个人安逸,不恋都市繁华,不甘心以诗人终老。此诗反映的正是爱国主义的英雄豪情。全诗内涵深刻,饱含诗情画意,显示了诗人高超的艺术水平。

衣上征尘杂酒痕[2],远游无处不消魂[3]。此身合是诗人未?细雨

① 本诗选自《宋诗钞·剑南集》。剑门:山名,在今四川剑阁北。② 征尘:旅行中衣上所蒙的灰尘。③ 消魂:指神情恍惚。

骑驴入剑门[④]。

④ 合是：应当是。“此身”两句是满怀杀敌斗志的诗人对自己骑驴入境的自我嘲讽。唐诗人孟浩然、李白、杜甫、李贺、贾岛等皆有骑驴故事，郑棨也说过诗思在灞桥风雨中驴子上。诗人由此而联想到自己，自嘲说：那么我也算是个诗人吧！

（丁曦林）

长　歌　行[①]

【题解】

此诗写于淳熙元年（1174），当时作者已五十岁，离蜀州通判任，寓居成都安福院僧寮。寮内生活闲散、寂寞，这使矢志报国的诗人深感痛心、焦灼和苦闷，并渴望能率军北上，为收复沦陷疆土而战。此诗反映的正是这一心情。诗中描写生动活跃，语句精炼，气势汹涌，首尾皆工。前人称其为陆游诗的“压卷”。

人生不作安期生[②]，醉入东海骑长鲸；犹当出作李西平[③]，手枭

① 本诗选自四库全书本《剑南诗稿》卷五。② 安期生：相传为古代仙人。③ 李西平：指唐德宗时平复朱泚之乱、收复西京的名将李晟，因功封为西平郡王，故称为李西平。

逆贼清旧京[4]。金印煌煌未入手，白发种种来无情[5]，成都古寺卧秋晚，落日偏傍僧窗明。岂其马上破贼手，哦诗长作寒螀鸣[6]？兴来买尽市桥酒，大车磊落堆长瓶[7]；哀丝豪竹助剧饮[8]，如巨野受黄河倾[9]。平时一滴不入口，意气顿使千人惊。国仇未报壮士老，匣中宝剑夜有声。何当凯还宴将士，三更雪压飞狐城[10]！

④ 枭(xiāo)：斩首高挂。逆贼：指朱泚。此借指女真统治者。旧京：指长安。此借指被女真统治者占领的宋京开封。⑤ 种种：发短的样子。⑥ 寒螀(jiāng)：即寒蝉。“岂其”两句意思是：难道我这个马上破贼的英雄，就只能无休止地像寒蝉悲鸣般哦诗么？⑦ 磊落：众多的样子。⑧ 丝竹：丝指弦乐器，如琵琶；竹指管乐器，如箫、笛。剧饮：放量喝酒。⑨ 巨野：古代大湖，在今山东省巨野县境内。⑩ 飞狐城：古代关隘，在今河北省涞源县。

（丁曦林）

关山月[1]

【题解】

此诗写于淳熙四年(1177)，这时离南宋符离之败，与金国媾和已有十五年。当时朝廷文恬武嬉，不图国土收复。诗人抚事伤时，倍感沉痛。本诗以一个守边战士的口吻写了十五年来将军们只知欢娱歌舞，而马死了，武器朽了，兵士的头发白了，战友的

① 本诗选自四库全书本《剑南诗稿》卷八。关山月：原是汉乐府横吹曲名，这里是古题新用。

白骨横在沙场，壮士火热的爱国心却被埋没了。最后指出敌人的日子不会长久，沦陷区的人民正含泪盼望收复失地。此诗句句是血，声声是泪，抓住当时现实中一些典型的、触目惊心的事实，表达了强烈的忧国忧民感情。

和戎诏下十五年[②]，将军不战空临边，朱门沉沉按歌舞，厩马肥死弓断弦。戍楼刁斗催落月，三十从军今白发。笛里谁知壮士心，沙头空照征人骨。中原干戈古亦闻，岂有逆胡传子孙[③]？遗民忍死望恢复[④]，几处今宵垂泪痕[⑤]。

---

② 戎：原是中国古代对西方少数民族的一种称呼。这里指女真族金国。③ 逆胡：指敌人。④ 忍死：不死而等待着。⑤“几处”句：意思是今夜仍有多少遗民在伤心落泪。

（丁曦林）

临安春雨初霁[①]

【题解】

此诗写于淳熙十三年（1186）。这一年春天，在家赋闲五年的诗人又被起用为严州知府。赴任之前，先到首都临安（今浙江杭州）去觐见皇帝。他住在西湖边上的客栈里

---

① 本诗选自四库全书本《剑南诗稿》卷十七。临安：南宋的都城，今浙江杭州。

听候召见,在百无聊赖和寂寞中写下了此诗。诗中细致、形象地描绘了春雨、春光,还写了自己独自品茶、写字的闲适,但字里行间,含蓄地表达了诗人郁闷、惆怅之情。

世味年来薄似纱②,谁令骑马客京华③。小楼一夜听春雨,深巷明朝卖杏花。矮纸斜行闲作草④,晴窗细乳戏分茶⑤。素衣莫起风尘叹,犹及清明可到家⑥。

② 世味:对于世态人情的体会。③ 京华:即京城,这里指临安。④ 矮纸:短纸,也就是两端长而上下狭的手卷。古代书家常在手卷上写字。草:草书。⑤ 细乳:《谈苑》中道:"茶之精者,北苑名白乳头"。宋代北苑茶又有石乳、滴乳等品。乳指冲茶时水面所泛泡沫。分茶:一种茶戏,以冲时水面所呈不同的图案等品第工巧。⑥ "素衣"两句:据晋陆机《为顾彦先赠妇》"京洛多风尘,素衣化为缁"语,意思是京城的不良风气,会污染人的品质。陆游想说明自己清明可以到家,不用担心会受到临安习气的影响。

(丁曦林)

秋夜将晓出篱门迎凉有感①

【题解】

此诗写于绍熙三年(1192),时作者已六十八岁,被罢免归家也已四年了。然而平

① 本诗选自四库全书本《剑南诗稿》卷二十五。

静生活并未能使诗人安逸，他依旧心存国家，壮怀激烈。此诗描写沦陷于金国的北方遗民们日夜苦盼南宋王师的心情，表达了诗人的希望、悲愤和不屈。全诗意境阔大深沉，忧国之情满溢纸外。此诗共二首，本篇为第一首。

三万里河东入海②，五千仞岳上摩天③。遗民泪尽胡尘里，南望王师又一年。

---

② 河：指黄河。③ 五千仞：形容极高。仞，八尺曰仞。岳：指西岳华山，在陕西华阴南。

（丁曦林）

九月一日夜读诗稿有感走笔作歌①

【题解】

此诗写于绍熙三年（1192），是作者对自己创作生涯的评价。他认为在四十八岁以前，自己只是妄取虚名；到了南郑以后，才接触到现实，从丰富的生活和战争环境中，发现了诗的意义和源泉。此诗不仅充分说明了生活与创作的关系，而且描写出色，词藻工丽，极富艺术感染力。

---

① 本诗选自四库全书本《剑南诗稿》卷二十五。

我昔学诗未有得，残余未免从人乞[②]，力孱气馁心自知，妄取虚名有惭色。四十从戎驻南郑[③]，酣宴军中夜连日，打毬筑场一千步，阅马列厩三万匹[④]。华灯纵博声满楼[⑤]，宝钗艳舞光照席。琵琶弦急冰雹乱，羯鼓手匀风雨疾[⑥]。诗家三昧忽见前[⑦]，屈贾在眼元历历[⑧]。天机云锦用在我[⑨]，剪裁妙处非刀尺[⑩]。世间才杰固不乏，秋毫未合天地隔。放翁老死何足论，广陵散绝还堪惜[⑪]。

② "残余"句：意谓自己创作才力不足，要在别人创作中讨生活、讨技巧。③ 四十：陆游在南郑时，年四十八岁。此处举其整数。④ 三万匹：与前一句"一千步"类似，都形容声势极盛。⑤ 华灯：华丽的灯光。纵博：尽情赌博。⑥ 羯鼓：形状如桶，两头可击。⑦ 三昧：佛经语，原意为正定。宋人文学批评中，用此以指诗文诀窍。⑧ 屈贾：即屈原、贾谊，都是古代辞赋家。历历：分明。⑨ 天机云锦：古代神话中织女所用的织机，和她织成的绣有云采的锦缎。⑩ "剪裁"句：言剪裁得当，自然天成用不到寻常的刀尺。⑪ 广陵散：古琴曲名。三国时嵇康善为此曲，后为司马昭所杀。临刑时，索琴弹此曲，叹道："《广陵散》从此绝矣。"后世因此称失散的曲艺为《广陵散》。

（丁曦林）

十一月四日风雨大作[①]

【题解】

此诗写于绍熙三年(1192)，时诗人虽隐居故里，生活捉襟见肘，且时常卧病，但忧国

① 本诗选自四库全书本《剑南诗稿》卷二十六。

忧民之心依旧。此诗写的就是他夜闻风雨，勾起对从戎生涯的怀念，和强烈的报国之情。全诗意境开阔，气魄恢宏，具有很强的艺术概括力。此诗原有2首，此为其中第二首。

僵卧孤村不自哀，尚思为国戍轮台[②]。夜阑卧听风吹雨[③]，铁马冰河入梦来。

---

② 轮台：今属新疆。此泛指遥远的边塞。③ 夜阑：夜深。

（丁曦林）

小舟游近村舍舟步归[①]

【题解】

这首诗作于宋宁宗庆元元年（1195），当时诗人已年逾七旬，隐居山阴也达六年。原诗共4首，本篇是其中第四首。诗人用速写的手法，描绘了盲人说书一事，并由此生发出对世事的感叹。虽着墨不多，但词意深远，引人回味。

斜阳古柳赵家庄，负鼓盲翁正作场[②]。死后是非谁管得，满村听

---

① 本诗选自四库全书本《剑南诗稿》卷三十三。② 作场：指艺人圈地演出。

说蔡中郎③。

③ 蔡中郎:东汉蔡邕,官至左中郎将,故称蔡中郎。南宋流行的戏曲说唱故事,写蔡邕抛弃父母妻室,终为天雷打死。事实蔡邕性至孝,并无此事。

(丁曦林)

沈　　园①

【题解】

陆游与结发妻唐琬,情深意笃。后因陆母不喜欢唐氏而被迫分手。到绍兴二十五年(1155)春末,他们又偶遇于沈园,陆游感伤之余,便在园壁上题了《钗头凤》一词。不久,唐氏郁郁寡欢而死,陆游陆续写了多首悼亡诗,以此诗最为著名。此诗写于庆元五年(1199),是时作者已七十五岁,距离沈园之邂逅也四十多年了,但作者对唐氏的真挚情感一如往日。此诗共两首,第一首回忆了当年沈园与唐琬相逢之事,悲伤之情充溢纸墨之间。此诗与作者许多慷慨激昂的诗篇风格迥异,写得深沉哀婉,但语言朴素自然。第二首写诗人对爱情的坚贞不渝,抒发了郁积于心的悔恨、沉痛之情。

① 本诗选自《宋诗钞·剑南集》。沈园,故址在浙江绍兴禹迹寺南,今已修建过。陆游重游时已三易其主。

城上斜阳画角哀[②]，沈园非复旧池台。伤心桥下春波绿[③]，曾是惊鸿照影来[④]。

其　二

梦断香消四十年[⑤]，沈园柳老不吹绵[⑥]。此身行作稽山土[⑦]，犹吊遗踪一泫然。

---

② 画角：古代军中用以报昏晓的乐器。形如竹筒，外加彩绘。③ 伤心桥：此桥后人称为春波桥，因贺知章"春风不改旧时波"句得名。④ 惊鸿：曹植《洛神赋》："翩若惊鸿。"以鸿惊飞时姿态的轻捷形容美女的风度。此指陆游在沈园遇见唐琬的印象。⑤ 四十年：陆游与唐琬在沈园邂逅至写此诗时已四十四年，此取其整数而言。⑥ 绵：柳絮。此句意思是，柳树老了，不再飞絮，诗人心头却永远有柳絮飞舞。⑦ 行，将要。稽山：会稽山，在今绍兴。

（丁曦林）

示　　儿[1]

【题解】

诗人卒于宁宗嘉定二年十二月。此诗是他临终前写的，既是绝笔，也是遗嘱。诗人是个坚定的爱国者，他深为南宋偏安一隅、屈膝乞和为耻，念念不忘收复中原。虽然他一生政治上失意，从未得到重用，且多次罢职闲居，清贫自守，但他爱国热情始终不减，直到生命的最后时刻。此诗表达了他生前的最后意愿，强烈地反映了诗人伟大的精神和信念。朴素、平淡的语言，更显示了他感情的真挚。

死去元知万事空[2]，但悲不见九州同[3]。王师北定中原日，家祭无忘告乃翁。

---

① 本诗选自四库全书本《剑南诗稿》卷八十五。② 元知：原知。③ 九州同：古代中国分为九州，九州同，指全国统一。

（丁曦林）

范成大（1126—1193） 南宋诗人。字致能，自号石湖居士，吴县（今江苏苏州）人。绍兴二十四年（1154）进士。历任处州知府、知静江府兼广南西道安抚使、四川制置使、参知政事等职。曾出使金国，不畏强暴。晚年退居故乡石湖。以善写田园诗著称。受中晚唐诗人和江西派影响，其诗风格轻巧，遣词华丽，喜用僻典。与尤袤、杨万里、陆游并称南宋四大家。著作有《石湖居士诗集》、《石湖词》。

催　租　行[①]

【题解】

这是一首叙述催租吏向农家催租的诗。此诗虽短短八句，却展现了一幕有人物、有情节的戏剧性场面。诗人刻画的催租吏狡诈、善变，而农民纯朴、憨直，形象十分鲜明。全诗于简短对话中，透露出诗人的爱憎感情。

输租得钞官更催[②]，踉跄里正敲门来。手持文书杂嗔喜[③]："我亦来营醉归尔！"[④]床头悭囊大如拳[⑤]，扑破正有三百钱："不堪与君成一醉，聊复偿君草鞋费。"[⑥]

---

① 本诗选自四部丛刊本《石湖诗集》卷三。② 钞：指"户钞"。宋时农民纳完田赋，官府以户钞作为收据。输租得钞，意为田赋已缴毕。③ 手持文书：此说里正看到农户交出的户钞凭据，知他已交纳完毕。④ 亦：不过，只是。营：谋求。尔：而已。⑤ 悭囊："扑满"的别称，一种可储存铜钱的陶罐。⑥ 草鞋费：婉辞，意思是报答到处奔走的辛劳之费。

（丁曦林）

四时田园杂兴[①]

【题解】

《四时田园杂兴》被称为古代田园诗的集大成，是使作者成为“田园诗人”的享有盛名的代表作。此诗前有序云:“淳熙丙午(1186)，沉疴少纾，复至石湖旧隐，野外即事，辄书一绝，终岁得六十篇，号《四时田园杂兴》。”这组诗从多方面深刻地反映了当时农村的生活面貌，其中既有田园的优美风光，富有诗意的农业劳动，也有官府沉重的压迫和剥削，生计艰难的痛苦和眼泪，使脱离现实的田园诗有了泥土和血汗的气息。写景叙事不尚辞采，意境自然活泼，语言清新明快。原作分春日、晚春、夏日、秋日、冬日5组，每组12首。这里选的第一首细致描摹了春暖大地的情景，反映了农家生活的喜悦和宁静。第二首描写夏日农忙的情景。第三首则是农家收获的热烈场面。第四首则笔锋一转，农民丰收的喜悦是短暂的，他们要受到官府的剥削，到头来生活依旧凄苦。

土膏欲动雨频催[②]，万草千花一饷开[③]。舍后荒畦犹绿秀，邻家鞭笋过墙来[④]。

---

① 本诗选自四库全书本《石湖诗集》卷二十七。② 土膏欲动：是指土地解冻，地气回苏。③ 饷：同晌，一晌，片时之间。④ 鞭笋：竹根叫鞭，横行伸展，笋自鞭生，所以有“邻家鞭笋过墙来”句。

其　二

昼出耘田夜绩麻[5]，村庄儿女各当家[6]。童孙未解供耕织[7]，也傍桑阴学种瓜。

其　三

新筑场泥镜面平，家家打稻趁霜晴[8]。笑歌声里轻雷动，一夜连枷响到明[9]。

其　四

租船满载候开仓[10]，粒粒如珠白似霜。不惜两锺输一斛[11]，尚赢糠覈饱儿郎[12]！

---

⑤ 绩麻：将麻捻成麻线。⑥ 当家：内行，熟练。童孙：年幼的孙子。⑦ 未解：不懂、不会。供：从事、参加。⑧ 霜晴：降霜的晴天。⑨ 连枷：打稻脱粒的工具。⑩ 租船：交租米的船。⑪ 锺：古代以六斛四斗为一锺，这里泛用，意即指斛。古代十斗为斛，宋时改为五斗。两锺输一斛，名为一斛官租，实际上要交两斛。⑫ 赢：剩下。糠覈(hé)：米糠米屑。

（马美信）

尤袤（1127—1194） 南宋诗人。字延之，号遂初居士，无锡（今属江苏）人。绍兴进士，曾任泰兴知县。当时金国完颜亮的军队进犯泰兴，尤袤亲自率领军民奋勇防守，保全了一城的生命。官至礼部尚书兼侍读。诗与杨万里、范成大、陆游齐名，称南宋四家。著作有《梁溪遗稿》。

淮 民 谣①

【题解】

徐梦莘《三朝北盟会编》记金主亮侵犯扬州时，泰兴知县尤袤坚守泰兴，又以淮南置山水寨扰民不能保其家属，窃悲哀之，乃作此诗。诗中所云“山水寨”是当时淮南的地方武装。这种地方武装在抗金过程中起过一定的积极作用，但由于当时整个统治集团的腐败无能，山水寨的领导权往往落在地主官僚手中，反而给人民带来了许多扰害。这首诗揭露了山水寨给人民带来的沉重苦难，表现了对人民的同情和对社会安定的关心。

东府买舟船，西府买器械。问侬欲何为②？团结山水寨③。寨长过我庐，意气甚雄粗④；青衫两承局⑤，暮夜连勾呼⑥。勾呼且未已，

① 本诗选自人民文学出版社1958年版钱钟书先生《宋诗选注》。② 侬：问侬，犹言问人。③ 团结：组织。④ 雄粗：粗暴，傲慢。⑤ 青衫：黑色衣服。承局：公差。⑥ 勾呼：点名传唤。

椎剥到鸡豖[⑦]；供应稍不如[⑧]，向前受笞箠。驱东复驱西，弃却锄与犁[⑨]，无钱买刀剑，典尽浑家衣[⑩]。去年江南荒，趁熟过江北[⑪]；江北不可住，江南归未得。父母生我时，教我学耕桑；不识官府严，安能事戎行[⑫]！执枪不解刺，执弓不能射；团结我何为，徒劳定无益[⑬]。流离重流离，忍冻复忍饥；谁谓天地宽，一身无所依！淮南丧乱后，安集亦未久；死者积如麻，生者能几口！荒村日西斜，破屋两三家；抚摩力不给，将奈此扰何[⑭]！

---

⑦ 椎剥：敲剥，犹言抽筋剥皮。⑧ 不如：不如意，不称心。⑨ 弃却：丢弃。⑩ 浑家：妻子。一说全家。⑪ 趁熟：赶到收成好的地方去，即逃荒。⑫ 事戎行：当兵打仗。⑬“团结”两句：意为召集我们这样的人组成队伍，是白花力气、毫无用处的。⑭ 抚摩：救济。给：足够。“抚摩”两句意谓要救济那些战乱之后的人民尚感到力不从心，再加上这种扰害，叫人怎么能忍受？

（陆　灏）

杨万里（1127—1206） 南宋诗人。字廷秀，号诚斋，吉水（今属江西）人。绍兴二十四年（1154）进士。历任永州零陵丞、秘书监等职。宁宗时以宝谟阁学士致仕。杨万里在朝为官不畏权势，正直敢言，忧虑国事，主张抗金，为人称许。他的诗初学江西派，后学王安石及晚唐七绝，并逐步形成自己的风格：新鲜泼辣，平易自然，颇有情趣，时号“诚斋体”。与尤袤、范成大、陆游齐名，称南宋四家。著作有《诚斋集》。

闲居初夏午睡起①

【题解】

这首诗是孝宗乾道二年（1166）诗人因丁忧闲居家乡时作。诗中通过描写他午睡起来后的种种情态，表现了诗人闲适懒散的心情。最后一句描写儿童天真的举动，委婉地表达了对充满活力的生活的向往追求。原诗有两首，本篇为其中之一。

梅子留酸软齿牙②，芭蕉分绿与窗纱③。日长睡起无情思④，闲看儿童捉柳花。

---

① 本诗选自四部备要本《诚斋集》。② 软齿牙：吃了酸东西后牙齿似有变软的感觉。③“芭蕉”句：云芭蕉初长，映在窗纱上，似分一些绿色给窗纱，使窗纱格外新绿。④ 日长：指白天时间长。无情思：无聊郁闷。

（陆　灏）

插　秧　歌[①]

【题解】

孝宗淳熙六年（1179）四月，作者离常州回江西故乡，过衢州。适逢大雨，就暂驻留。此诗即在衢州乡村所作。诗以朴素的语言和简练的白描手法，表现了插秧农民紧张劳动的情景，似是率口而出，却又不失耐人寻味的新鲜之意和活泼之趣，充分体现了"诚斋体"自然活泼、幽默风趣的特点。

田夫抛秧田妇接，小儿拔秧大儿插。笠是兜鍪蓑是甲[②]，雨从头上湿到胛[③]。唤渠朝餐歇半霎[④]，低头折腰只不答。秧根未牢莳未匝，照管鹅儿与雏鸭[⑤]。

① 本诗选自四部备要本《诚斋集》。② 兜鍪（móu）：古代战士的头盔。③ 胛（jiǎ）：肩胛、肩膀。④ 渠：他，指插秧的农民。⑤ 莳（shì）：移栽，插秧又叫莳秧。匝：完毕。"秧根"两句意为秧根尚未生牢，插种尚未完毕，要管好小鹅小鸭不让它们下田糟蹋庄稼。

（陆　灏）

初入淮河[1]

【题解】

南宋把淮河以北全割让给金。宋光宗赵惇绍熙元年(1190),杨万里奉命去迎接金国派来的贺正使,这首诗就是那时做的。诗人用自由飞翔的鸥鹭作对比,映衬出丧权辱国之耻,表达了在自己的淮河上连行船都不得自由的愤懑心情。原诗共有4首,本篇为第三首。

两岸舟船各背驰,波痕交涉亦难为[2]。只余鸥鹭无拘管,北去南来自在飞。

---

① 本诗选自四部备要本《诚斋集》。② “两岸”两句:意为淮河两岸宋金两国行舟都背道而驰,连舟行荡起的波痕都交涉不到一起。

(陆　灏)

过松源晨炊漆公店[1]

【题解】

此诗是绍熙三年（1192）诗人在建康江东转运副使任上外出纪行之作。表面写人行山中的感受，而真意却在说明生活中的哲理。生活中会有许多艰难险阻，为人绝不可盲目乐观。读了此诗，人们自会联想到生活之路又何尝不是“一山放出一山拦”呢？宁可将前进路上的困难多想一点，否则将会被“赚得”“错喜欢”！

莫言下岭便无难，赚得行人错喜欢[2]。正入万山圈子里，一山放出一山拦[3]。

---

① 本诗选自四部备要本《诚斋集》。松源：地名，当在今安徽南部。② 赚得：骗得。错喜欢：空喜欢。③ 放出：走出。此句意为刚走出一山，又有一山拦在前面。

（陆　灏）

夏夜追凉[①]

【题解】

此诗写夏夜纳凉，并无新奇的景色和美妙的意象，而读来颇耐咀嚼，其精神全在最后一句的最后三个字上，陈衍《宋诗精华录》评此诗："若将末三字掩了，必猜是说什么风矣，岂知其不是哉！"结束处能翻出新意，使人耳目一新，正是杨万里匠心独运之处。

夜热依然午热同[②]，开门小立月明中，竹深树密虫鸣处，时有微凉不是风。

---

① 本诗选自四部备要本《诚斋集》。② 此句意为：夜间的闷热竟和正午一样。

（陆　灏）

朱熹（1130—1200） 宋理学家、诗文批评家、诗人。字元晦，一字仲晦，号晦庵、遁叟，婺源（今属江西）人。绍兴十八年（1148）进士，累官转运副使、秘阁修撰、焕章阁待制。晚年居福建建阳考亭，主讲紫阳书院，故亦称考亭、紫阳。朱熹是宋代理学之集大成者，亦留意于文学，是理学家中谈文学最多的人，往往有独到之见。其诗平易自然，富于理趣，颇为后世所称。一生著述繁富，著作有《四书集注》、《诗集传》、《楚辞集注》等，诗文则有《晦庵先生朱文公集》。

春　日[①]

【题解】

此诗载《千家诗》中，久为人们传诵。题作“春日”，似为游春之作，然首句云：“胜日寻芳泗水滨”，泗水在山东曲阜北，孔子尝居洙泗之间，教授弟子。在南宋时期泗水已沦入金人之手，朱熹决不可能去泗水游春。故这首诗乃是虚构想象之作，其意在于说明大自然具有无限蓬勃的生机，因此万紫千红，触处皆春。

胜日寻芳泗水滨[②]，无边光景一时新。等闲识得东风面[③]，万紫千红总是春。

---

① 本诗选自四库全书本《晦庵集》卷二。② 胜日：节日或亲朋相聚的日子。③ 等闲：寻常。

（刘明今）

观书有感[1]

【题解】

这是一首阐述哲理的诗,然没有理学家的头巾气,一点也不迂腐,其关键即在寓物说理,通过形象说话,使读者在审美的过程中领会作者创作的意旨。这便是宋人所标榜的理趣。此诗原2首,本篇是其中第一首。

半亩方塘一鉴开[2],天光云影共徘徊。问渠那得清如许[3]?为有源头活水来。

---

① 本诗选自《宋诗精华录》卷三。② 一鉴开:形容池水平静如明镜般地展开。鉴:镜。③ 渠:它,指方塘。如许:如此。

(刘明今)

徐照（？—1211） 南宋诗人。字道晖，又字灵晖，号山民，永嘉（今浙江温州）人。贫困不仕，患病早卒。徐照工于诗，为诗清苦，立意颇新，能道人所不道。与徐玑、翁卷、赵师秀并称“永嘉四灵”。著作有《芳兰轩诗集》。

石门瀑布[①]

【题解】

石门瀑布在作者故乡永嘉北的石门山上，为当地著名胜景，谢灵运、叶适均有诗咏之。此诗竭力描写瀑布冲岩洒木，飞奔而下的气势。诗的风格峭拔遒劲。末两句一笔宕开，写到当地的传说，使读者产生许多联想，因而增加了诗歌的神秘感。

一派从天下[②]，曾经李白看。千年流不尽，六月地长寒。洒木跳微沫，冲崖作怒湍。人言深碧处[③]，常有老龙盘。

---

① 本诗选自浙江古籍出版社校点本《永嘉四灵诗集·芳兰轩诗集》卷上。② 派：水的分流。③ 深碧处：飞瀑下注后冲击而形成的深潭。

（刘明今）

妾命薄[1]

【题解】

南宋中期“江西诗派”渐衰，“永嘉四灵”崛起，重视学习晚唐，倡清灵圆润的诗风。他们还有意识地师摹古乐府，或古题、或今题，写了不少乐府诗，以此开拓江西派、理学家派的诗风。徐照在这方面尤为突出，此诗是他拟乐府写得较好的一篇，立意新颖，生动地刻画了痴心女子的恋情。

初与君相知，便欲肠肺倾。只拟君肺肠，与妾相似生。徘徊几言笑[2]，始悟非真情。妾情不可收，悔思泪盈盈。

---

① 本诗选自浙江古籍出版社校点本《永嘉四灵诗集·芳兰轩诗集》卷下。② 徘徊：往返回旋貌。这里指二人的交往。

（刘明今）

薛季宣（1134—1173） 南宋理学家、诗人。字士龙，号艮斋，永嘉（今浙江温州）人。少师事程颐弟子袁溉，受二程之学，绍兴末为武昌令，官至大理正。论学反对空谈天命性理，论文主于性情，并重视文采，与一般理学家不同。作诗不拘一格，广泛师承，尤刻意师摹古体。著作有《浪语集》。

春愁诗效玉川子[①]

【题解】

此诗以“春愁”为题，然与一般的伤春诗不同，并不哀叹春光的流逝。诗中所写的愁与春并无多大关系，乃是一种泛化的、无时不有、无处不在的愁思。此愁压人心头，飘浮四极，罗幕隔之不去，宝剑挥之不断。因此较之一般的春愁，它具有更广泛的社会与时代的意义，乃是南宋时期士大夫苦闷心绪的写照。题中又标明“效玉川子”，玉川子是唐诗人卢仝的号，其诗以幽僻险怪为特征，一般说来宋人对它的评价不高。薛季宣为学作诗均无门派之见，又好拟古人各体诗歌，故根据此诗的立意和风格，选择了玉川体，然全诗气势奔涌、句式丰富多变，则显然有所突破。

春阴苦无赖[②]，巧解穷雕锼[③]。入我方寸间[④]，酿成一百万斛伤

---

① 本诗选自四库全书本《浪语集》卷十一。② 无赖：无可奈何，烦扰。③ 锼（sōu）：刻镂。此句意谓春阴巧于雕愁镂恨，即易于使人产生各种各样的愁思。④ 方寸：指心。

春愁。我欲挹此愁,寸田无地安愁刍[⑤]。沃以一石五斗杜康酒,醉心还与愁为谋。愁肠九转疾车毂[⑥],扰扰万绪何绸缪[⑦]。愁思傥可织[⑧],争奈百结不可紬。我与愁作恶,走上千尺高楼。楼千尺,溯云汉,只见四极愁云浮。都不见铜盘之日,缺月之钩。此心莫与明,愁来压人头。逃刑入冥室,关闭一已牢。周遮四壁间,罗幕密以绸[⑨]。愁来无际畔,还能为添幽。忧我有龙文三尺之长剑,真钢不作绕指柔[⑩]。匣以明月、通天、虹玉、烛银之宝室[⑪],可以陆剸犀象、水断潜伏之蛟虬[⑫]。云昔黄帝轩辕氏,用斩铜头铁额横行天下之蚩尤。拟将此剑斮愁断[⑬],昏迷不见愁之喉。若士为我言[⑭],子识愁意否?愁至不忘,以愁生有来由[⑮]。闭愁不足计,空言学庄周。日中之影君莫避,处阴息影影不留。疾行嫌足音,不如莫行休[⑯]。因知万虑为萦愁之綷[⑰],忘怀为遣累之舟。归来衲被盖头卧[⑱],从他鼻息鸣齁齁[⑲]。取友造物先,汗漫相与游[⑳]。朝跻叫阊阖[㉑],夕驾栖丹丘[㉒]。天公向我笑,金母

---

⑤ 寸田:方寸大小的心田。刍(chú):喂养牲口的草。⑥ 疾车毂(gǔ):如车轮中心的圆木一般疾转。⑦ 绸缪:紧密缠缚,缠绵。⑧ 傥:倘或。⑨ 绸:同稠,稠密。⑩ 绕指柔:刘琨《重赠卢谌》:"何意百炼刚,化为绕指柔。"⑪ 匣:作动词,装入匣中。⑫ 剸(tuán):割,截断。⑬ 斮(zhuó):同斫,砍斩之意。⑭ 若士:《庄子·秋水》篇有北海若,擅作大小相对的辩说,此化称若士,即以庄子通达无碍的观点来解愁。⑮ "愁至"两句:意谓愁之不可解是因为产生愁的根源还存在,故接下说空言"闭愁"是不解决问题的。然愁的根源何在?这首诗却没有正面回答。⑯ 以上四句以例说明愁不可"闭",而当求其产生愁的来由以解之。语出《庄子·天下》篇:"惠施之才,骀荡而不得,逐万物而不返,是穷响以声,形与影竞走也。"⑰ 綷(lǜ):粗绳。⑱ 衲(nà)被:补缀之被。⑲ 齁(hōu)齁:鼻息声。⑳ 汗漫:不着边际。此句言一起作无边际无一定目的的漫游。㉑ 阊阖:天门。㉒ 丹丘:神话中的仙山。

为我讴[23]。酌我以琼浆玉液朝阳沆瀣之浓剂[24]，俾我眉寿长千秋[25]。却欲强挽愁作伴，愁忽去我无处踪迹寻行辀[26]。惟有春华斗春媚，一一茜绚开明眸[27]。又有平芜绿野十百千万头钝闷耕田牛，踏破南山特石头[28]。

㉓ 金母：西王母。㉔ 沆瀣：北方夜半之气。㉕ 眉寿：长寿。㉖ 辀（zhōu）：车辕。㉗ 茜（qiàn）绚：茜丽绚美。㉘ 特：卓异不凡。

（刘明今）

楼钥（1136—1213） 南宋文章家、诗人。字大防，号攻媿主人，鄞县（今浙江宁波）人。隆兴元年（1163）进士，曾知温州，官至参知政事。楼钥以文章见称于世，真德秀称他和李邴、汪藻为南宋文章三大家。作诗主于自然，气势颇盛，擅七古。著作有《攻媿集》。

灵璧道傍怪石①

【题解】

灵璧，县名，今属安徽。其地产磬石，世称灵璧石。又浙江金华方岩亦有灵璧石，戴复古写有《灵璧石歌为方岩王侍郎作》。宋徽宗政和间在东京汴梁景龙门侧筑土山，号艮岳，广求天下奇花异木、太湖灵璧以及珍禽异兽之属，号花石纲。作者在灵璧道中见怪石，联想到宋徽宗这一扰民行径及其荒淫佚乐，怠于政事，导致金兵入侵、汴京沦亡、山河破碎、百姓涂炭，不禁感慨系之，乃作此诗。

饱闻兹山产奇石，东南宝之如尺璧②。谁知狼藉乱如麻，往往嵌空类镵刻③。长安东南万岁山④，搜抉珍怪穷人间。汴流一舸载数

---

① 本诗选自四库全书本《攻媿集》卷一。② 尺璧：其径盈尺平圆形的宝玉。③ 镵（chán）：利锥。类镵刻：像利锥刻画一般。④ 长安：借指汴京。万岁山：即艮岳，徽宗政和间所筑，峰高九十尺，山周十余里，分东西二岭，直接南山。其上多置异石，高者达四十尺（见赵彦卫《云麓漫钞》）。

辈⑤，径上艮岳增孱颜⑥。当时巧匠斲山骨⑦，置之江干高突兀⑧。干戈动地胡尘飞，坐使奇材成弃物⑨。君不见黄金横带号神运⑩，不数台城拜三品⑪。只今零落荒草中，万古凄凉有遗恨。木人漂漂不如土⑫，坐阅兴亡知几许。行人沉叹马不前，石虽不言恐能语⑬。

---

⑤ 辈：指怪石。怪石体积很大，一船只能装几块，故称“数辈”。⑥ 径上：直上。孱颜：瘦弱的状貌。石以清奇瘦劲者为上品，故以孱颜形容之。此外“孱颜”一词有贬意，表示了作者对此轻蔑。⑦ 斲(zhuó)：同斫，砍，斩。⑧ 江干：江边。⑨ “干戈”两句：靖康二年，金兵围攻汴京，城内百姓冻馁，诏令入艮岳，任便樵采，台榭宫室为之一空，徽宗搜罗来的怪石亦变成废物。⑩ 黄金横带：喻受到君主重用而享有高官厚禄。《战国策·齐策》，鲁仲连说田单曰：“今将军东有夜邑之奉，西有菑上之虞，黄金横带，而驰乎淄、渑之间。”号神运宋史·地理志》：“宣和五年，朱勔于太湖取石，高广数丈，载以大舟，挽以千夫，凿河断桥，毁堰拆牐，数月乃至，赐号‘昭功敷庆神运石’。”此句指神运石受到宋徽宗的宝爱重视。⑪ “不数”句：《名山记》：“同泰寺在台城内，寺前有丑石四，俗呼为三品石。”台城在今南京。此句接上句意谓神运石之受到珍爱远远超过三品石之身价。⑫ “木人”句：《史记·孟尝君列传》：“木禺人与土禺人相与语，木禺人曰：‘天雨，子将败矣。’土禺人曰：‘我生于土，败则归土。今天雨流子而行，未知所止息也。”此句作者以木偶人喻怪石，言其漂零异地，不能回归产地。⑬ “石虽”句：谓怪石饱阅人世沧桑，感慨必深。

（刘明今）

姜夔（1155—1220？） 南宋词人、诗人、诗论家。字尧章，号白石道人，鄱阳（今属江西）人。曾试进士，不第，遂隐居箬坑之千山，布衣终身。姜夔幼曾学诗于萧德藻，受江西派影响，然能摆脱束缚，自成一家。其诗清远秀逸，尤以小章见称。著作有《白石道人诗集》、《白石道人歌曲》、《诗说》等。

过 垂 虹[①]

【题解】

此诗作于绍熙二年（1191）除夕，其时姜夔携小红由石湖范成大家乘船归湖州。元陆友《砚北杂志》载云："小红，顺阳公（范成大）青衣也，有色艺。顺阳公之请老，姜尧章诣之。一日，授简征新声，尧章制《暗香》、《疏影》二曲，公使二妓肄习之，音节清婉。姜尧章归吴兴，公寻以小红赠之。其夕，大雪过垂虹，赋诗曰……"垂虹，桥名，在苏州市吴江境内，临太湖，波光云影，气象万千，为著名胜景。

自作新词韵最娇[②]，小红低唱我吹箫。曲终过尽松陵路[③]，回首烟波十四桥[④]。

---

① 本诗选自四库全书本《白石道人诗集》卷下。② 韵：情韵、风韵。③ 松陵：吴江之别称，为唐代地名。④ 十四桥：垂虹桥今已不存，诗中的十四桥疑指长桥的十四个拱形孔洞。又松陵多石桥，此或指沿途经过众多石桥。

（刘明今）

湖上寓居杂咏[1]

【题解】

此诗作于宁宗庆元六年（1200），时姜夔寓居西湖之孤山。前此诗人曾一再上书朝廷论乐，又作《铙歌鼓吹十二章》，均未获赏用，心怀抑郁，乃一寓于诗。诗中的“夜吟商”、“江湖味”、“秋声”，均是这种心情的写照。原诗14首，此为其中之一。

荷叶披披一浦凉[2]，青芦奕奕夜吟商[3]。平生最识江湖味[4]，听得秋声忆故乡。

---

① 本诗选自四库全书本《白石道人诗集》卷下。② 披披：稀疏分散貌。浦：河流注入江湖处。③ 奕奕：彫零貌。商：五音之一。吟商即吟秋。④“平生”句：姜夔一生，幼孤贫，长寄人篱下，辗转流寓汉川、饶州、楚州、武陵、长沙、湖州、合肥、金陵、绍兴等地，故最识江湖味。

（刘明今）

徐玑（1162—1214） 南宋诗人。字致中，又字文渊，号灵渊，永嘉（今浙江温州）人。历仕建安司簿、永州司理、龙溪丞等职，治绩颇著。为诗精巧，重视浮声切响及单字只句的锤炼，为“永嘉四灵”之一。著作有《二薇亭诗集》。

梅　　坡①

【题解】

此诗咏水畔坡侧的古梅，突出了它的清、奇、古、怪的特征。宋人多好咏梅，借梅花的冷艳来表达自己孤高绝俗的人格。此诗写梅花的“古怪”、“飘零”，意境格外凄冷。

浅水低坡几树苔②，冷光摇动玉尘埃③。横斜直似安排得，古怪多应折损来④。洁白要须侵夜看，飘零却是被春催。闲来立断清风影，一片飞香落酒杯⑤。

---

① 本诗选自浙江古籍出版社校点本《永嘉四灵诗集·二薇亭诗集》卷下。② 几树苔：范成大《梅谱》称浙江的古梅“苔须垂于枝间，或长数寸，风至，绿丝飘飘可玩。”③ “冷光”句：描写洁白的梅花冷光摇动，周围的一切均泛成白色，成了玉的世界。④ “横斜”两句：写坡上梅花天生就奇崛古怪的姿态，似为人工修剪而成。⑤ 立断：立尽，即久立之意。飞香：飞花。“闲来”两句既是写梅花，也是自咏。诗人久久伫立在梅花之下，花瓣飘零，乃落入酒杯之中。

（刘明今）

翁卷（生卒年不详） 南宋诗人。字续古，又字灵舒，乐清（今属浙江温州）人。曾登淳祐乡荐，终于布衣。其诗工于刻画，风格清苦，为“永嘉四灵”之一。著作有《苇碧轩诗集》。

哭徐山民[1]

【题解】

徐山民即徐照，“永嘉四灵”之一，终身贫困，不仕早卒，死后由朋友集资埋葬。翁卷此诗感情十分真挚，前四句以凄冷的笔调，寥寥数语，勾画了诗人清苦的一生。颈联两句描写诗人在诗歌创作上的成就。末两句既是徐照遗像的特征，也是其一生为人及诗歌创作风貌的概括。

已是穷侵骨，何期早丧身！分明上天意，磨折苦吟人[2]。花色连晴昼，莺声在近邻。谁怜三尺像，犹带瘦精神。

---

① 本诗选自浙江古籍出版社校点本《永嘉四灵诗集·苇碧轩诗集》。② 磨折：折磨。

（刘明今）

赵师秀（1170—1220） 南宋诗人。字紫芝，号灵秀，永嘉（今浙江温州）人。赵宋宗室，绍熙元年（1190）进士，尝仕上元主簿、筠州推官，晚年寓居钱塘。其诗清新工炼，多描写个人的幽情雅趣，为“永嘉四灵”之一。著作有《清苑斋诗集》。

约 客①

【题解】

此诗写了约客不来、久候无聊的心境。刻画极其细腻，语言十分平淡自然，然决不是随意写就，而是精心结撰、反复吟咏而成。

黄梅时节家家雨，青草池塘处处蛙。有约不来过夜半，闲敲棋子落灯花。

---

① 本诗选自浙江古籍出版社校点本《永嘉四灵诗集·清苑斋诗集》。

（刘明今）

月夜怀徐照[①]

【题解】

徐照为赵师秀的好友，身世清寒，诗风也清寒，这也可以说是永嘉四灵的共同特点。赵师秀这首诗写了月色之清，湘江之清，秋客之寒，夜半角声之寒，正是这样一组清寒的景象，烘托了作者与好友清冷的心境以及其淡如水、其深入骨的友情。

月色一庭深，迢遥千里心。湘江连底见，秋客与谁吟[②]。寒入吹城角[③]，光凝宿竹禽。亦知同不寝，难得梦相寻。

---

① 本诗选自浙江古籍出版社校点本《永嘉四灵诗集·清苑斋诗集》。② 秋客：悲秋之人。指遭时不遇的人。③“寒入”句：意为夜寒中城头的角声也似乎显得清冷。

（刘明今）

裘万顷（生卒年不详） 南宋诗人。字元量，新建（今属江西）人。淳熙十四年（1187）进士，历官大理寺司直，江西抚幹，其诗清婉有韵致。著作有《竹斋诗集》。

夜 坐[①]

【题解】

裘万顷"性恬退，不乐仕"（见赵与虤《娱书堂诗话》），这首《夜坐》正是此闲淡心情的写照。

炉火篝灯孰与同[②]？此心吾欲付冥鸿[③]。茅簷已作涉旬雨，蕙帐不禁连夜风[④]。一段清愁诗句里，十分寒事酒杯中。溪云未用安排雪[⑤]，且听梅花试小红[⑥]。

---

① 本诗选自四库全书本《竹斋诗集》卷二。② 篝灯：带笼罩的灯。孰与同：和谁一起同坐。此句意谓寒夜独坐。③ 冥鸿：渺冥中的飞鸿。扬雄《法言·问明》："治则见，乱则隐，鸿飞冥冥，弋人何篡焉？"鸿飞入远空，矰缴不及，因以喻脱羁远害。作者付心冥鸿，正表示了摆脱世网的意向。④ 蕙帐：用香草作的帐子。⑤ "溪云"句：言连日阴雨，彤云密布，将雪未雪。此以拟人手法来写溪云，故云"安排"。⑥ 梅花：古曲名，小红：婢女或歌妓的惯称。此句语序倒置，意即且听小红试唱梅花曲。

（刘明今）

戴复古（1167—1248？） 南宋诗人。字式之，号石屏，黄岩（今属浙江）人。少孤，曾从林景思、陆游学诗，后泛游瓯闽、吴越、湖湘、淮泗等地，以诗行江湖间凡五十年，最后以布衣终老故乡的委羽山。戴复古为江湖派的重要诗人，其诗俊爽轻快，以自吐胸臆为宗，然亦不废锻炼之工。著作有《石屏诗集》。

乌盐角行[①]

【题解】

乌盐角，曲名。宋江休复《邻几杂志》："梅圣俞说曲名盐角儿令者，始教坊家人市盐，于纸角中得一曲谱，翻之，遂以名焉。"可见此曲原本民间小调。据诗中所写，江南儿童常于春季卷桐叶成角状吹之，戴复古长期浪迹江湖，对各地风土人情、百姓生计均十分关心，乃作此诗记之，并寓规讽之意。

凤箫鼍鼓龙须笛[②]，夜宴华堂醉春色。艳歌妙舞荡人心，但有欢娱别无益。何如村落卷桐吹，能使时人知稼穑[③]。村南村北声相续，青郊雨后耕黄犊。一声催得大麦黄，一声换得新秧绿。人言此

---

① 本诗选自四库全书本《石屏诗集》卷一。② 凤箫：箫声清和如凤鸣，故名。鼍（tuó）鼓：鳄鱼皮蒙的鼓，又鼓声逢逢然像鼍鸣，故名。龙须笛：以须状的丝条为饰物的笛子。以上三者均为豪富家使用的乐器。③ 稼穑：种谷曰稼，收获曰穑。稼穑泛指农业劳动。

角只儿戏，孰识古人吹角意？田家作劳多怨咨，故假声音召和气[4]。吹此角，起东作[5]；吹此角，田家乐。此角上与邹子之律同宫商、合钟吕[6]。形甚朴、声甚古，一吹寒谷生禾黍。

---

④“田家”两句：意谓因田家劳苦，乃藉此吹角之声以解除抑郁。⑤ 东作：朝起，迎着太阳耕作。⑥ 邹子：即邹衍，战国齐临淄人，能观阴阳消息，作怪迂之辩，著书十余万言，皆闳大不经。《列子·汤问》：“微矣子之弹也！虽师旷之清角，邹衍之吹律，亡以加之。”注云：“北方有地，美而寒，不生五谷。邹子吹律煖之，而禾黍滋也。”

（刘明今）

淮村兵后[1]

【题解】

南宋时期淮河流域为宋金的边境，战事连绵，百姓的生活受到极大的破坏。兵燹之后，一片荒芜。作者以此为题，选择了一些典型细节加以刻画：以前一户户的人家庭院，如今只剩下败垣颓井犹依稀可辨，在一片荒凉寂寞的废墟上尚有一株瘦弱的桃花开着，露出一丝春意，然再无人去珍爱它、欣赏它了。

小桃无主自开花，烟草茫茫带晓鸦。几处败垣围故井[2]，向来一一是人家。

---

① 本诗选自四库全书本《石屏诗集》卷六。② 垣：矮墙。

（刘明今）

叶绍翁（生卒年不详） 南宋诗人。字嗣宗，号靖逸，龙泉（今属浙江）人。尝在朝为官，与真德秀友善。其诗清逸，擅短章，属江湖派。著有《靖逸小集》。

游园不值[①]

【题解】

这是一首脍炙人口的小诗。全诗紧扣题目“游园不值”写来，栩栩如生。诗末二句最著名，其语脱胎于陆游的《马上作》：“杨柳不遮春色断，一枝红杏出墙头”。然“春色满园关不住”比“杨柳”句更新颖，且概括力更强，启示人们春色是关不住的，富于生命力的新鲜事物总会突破阻碍、蓬勃成长。

应怜屐齿印苍苔[②]，小扣柴扉久不开[③]。春色满园关不住，一枝红杏出墙来。

---

① 本诗选自乾隆刻本《宋百家诗存》卷十八《靖逸小稿》。不值：没有碰见（主人）。② 屐齿：木屐的二齿。③ 小扣：轻敲。

（刘明今）

赵汝镃(1171—1245) 南宋诗人。字明翁，袁州(今江西宜春)人。宋宗室。嘉泰二年(1202)进士，嘉定中分司镇江管榷。著作有《野谷诗稿》。

耕织叹①

【题解】

全诗分两部分，一为耕，一为织，分别叙写农家通过一年的辛勤，汗水结出硕果，眼看温饱有望，然而“官输私负索交至”，一切又化为泡影，依然过着饥寒交迫的生活。前后两部分篇幅相同，句式与内容相对称，而“官输私负索交至”一句完全重复，突出了诗人所控诉的对象。

春催农工动阡陌②，耕犁纷纭牛背血③。种莳已遍复耘耔④，久晴渴雨车声发⑤。往来巡视晓夕忙，香穗垂头秋登场⑥。一年辛苦今幸熟，壮儿健妇争扫仓。官输私负索交至⑦，勺合不留但糠秕⑧。我腹不饱饱他人，终日茅檐愁饿死！

---

① 本诗选自四库全书本《野谷诗稿》卷一。② 阡陌：田界。动阡陌：在田间劳作。③ 牛背血：刻画劳动之辛苦。④ 莳(shì)：移栽，此指莳秧。耘：除草。耔(zǐ)：以土壅禾根。⑤ 车声：水车之声。⑥ 秋：庄稼成熟的时期，引申为收成。⑦ 官输：交给官府的赋税。私负：欠私人的债。⑧ 勺、合(gě)：容量单位，十勺为一合，十合为一升。勺合喻一点少量的粮食。秕：中空或不饱满的谷粒。

春气熏陶蚕动纸[9]，采桑女儿哄如市。昼饲夜餧时分盘[10]，扃门谢客谨俗忌[11]。雪团落架抽茧丝，小姑缫车妇织机。全家勤劳各有望，翁媪处分将裁衣[12]。官输私负索交至，尺寸不留但箱笥[13]。我身不暖暖他人，终日茅檐愁冻死！

---

⑨ 蚕动纸：蚕卵下在蚕纸上，纸动则幼蚕孵出。⑩ 餧：喂的异体字。时分盘：按蚕生长情况分盘喂养。⑪“扃门”句：按旧日习俗蚕结茧时忌见生人，故蚕户都要闭门谢客。⑫ 处分：安排，处置。⑬ 笥（sì）：盛饭食或衣物的竹箱。“但箱笥”意谓只留下空空的箱子。

（刘明今）

刘克庄（1187—1269） 南宋诗人、词人、诗论家。字潜夫，号后村，莆田（今属福建）人。嘉定二年（1209）以祖荫补将仕郎，历任真州录事参军、潮州通判、建阳令，后以《落梅》诗获罪，废弃十年之久。端平初起复，任枢密院编修官兼权侍右郎官。景定初，迁工部尚书兼侍讲，以焕章阁学士致仕。刘克庄是江湖派的重要诗人，其诗初学四灵、晚唐，后转学陆游。主张写诗贵在“炼意”，而不在“炼字”，颇多忧时感事之作，风格沉郁遒劲，然有时亦不免失于粗豪。著作有《后村先生大全集》。

梦方孚若[①]

【题解】

方孚若，名信孺，与刘克庄同乡，长刘十岁。初以父荫补番禺县尉。开禧二年（1206）韩侂胄北伐失败，方孚若以朝奉郎使金，自初夏至季秋，凡三度往返。金人时有要挟，他置生死于度外，力折强敌。然事后并未获重用，仅官至淮东转运判官。此诗以抒写自己对方孚若的感情为主，痛惜好友凄凉不平身世。原诗有2首，此为其中之一。

仙鬼微茫果是非[②]？不知辽鹤有归期[③]。铸成范蠡何嗟及[④]，绣

① 本诗选自四库全书本《后村集》卷十三。② 是非：难定有无。③ 辽鹤：《搜神后记》：“丁令威，本辽东人，学道于灵虚山，后化鹤归辽，集城门华表柱。”此以辽鹤喻梦中的方孚若。④ 铸成范蠡：据《国语·越语下》所载，范蠡助越王勾践灭吴后，辞去而泛舟五湖。勾践遂命工以铸成范蠡铜像朝礼之。范蠡辞去后勾践始认识到他对越国的大功，方孚若亦有功于宋，但生前未获封赏，事迹有相类处。

作平原未必知[5]。歌扇舞裙风雨散，野田荒草古今悲[6]。可怜一觉寒窗梦，犹记联鞍出塞时。

---

⑤ 平原：指平原君赵胜。赵胜是战国时著名的四公子之一，礼贤下士，士多归之。唐李贺《浩歌》诗云："不须浪饮丁都护，世上英雄本无主。买丝绣作平原君，有酒唯浇赵州土。"此句意谓自己纵然买丝绣方孚若像，表示倾慕怀念之忱，方也未必知道了。⑥"歌扇"两句：以"歌扇舞裙"与"野田荒草"相对，比喻沧海桑田、人间盛衰的变化。

（刘明今）

落　梅[1]

【题解】

嘉定十七年（1224）刘克庄为建阳令，建阳在今福建北部，在当时属荒僻之地，刘心怀怨望遂作此诗，抒发遭贬斥的牢骚，并对当政者有所讥刺。此诗后被谏官李知孝、梁成大抄录向权相史弥远告密，史以为"东风谬掌花权柄，却忌孤高不主张"二语"讪谤当国"，贬斥刘克庄为吉州通判，不久再黜，坐废十年。后刘克庄追忆此事，写了一首《病后访梅》："梦得因桃却左迁，长源为柳忤当权。幸然不识桃并柳，也被

---

① 本诗选自四库全书本《后村集》卷三。

梅花累十年。”

一片能教一断肠，可堪平砌更堆墙[②]。飘如迁客来过岭，坠似骚人去赴湘[③]。乱点莓苔多莫数[④]，偶粘衣袖久犹香。东风谬掌花权柄，却忌孤高不主张[⑤]。

---

② 平砌：落花堆满了台阶。砌，阶砌。③ 迁客：被贬谪左迁的官吏。古时贬谪常发岭南瘴疠之地。骚人，指屈原。当时诗人外迁为建阳(今属福建)令，故“飘如”两句有自喻之意，然亦泛指当时因言事而被迁谪的人。④ 莓苔：青苔。⑤ 主张：主宰之意。不主张即不为作主。

(刘明今)

芙　　蓉[①]

【题解】

芙蓉花开在秋季，其傲霜临水的幽姿丽态，习为诗人们所题咏。作者将此诗亦题作“芙蓉”，其意不在写芙蓉，而在写自己年老的心境。刘克庄是南宋的长寿诗人，享年八十余。他死时距南宋灭亡只有十一年，故他的晚年是在国力衰微、民生多艰的局

---

① 本诗选自四库全书本《后村集》卷七。

势下度过的，尽管他本人甚至做到工部尚书兼侍读的高官，但其心境仍寂寞凄凉。这在本诗中有充分的反映。

湖上秋风起棹歌②，万株映柳更依荷。老来不作繁华梦，一树池边已觉多。

池上秋开一两丛，未妨冷淡伴诗翁。而今纵有看花意，不爱深红爱浅红。

---

② 棹歌：船工撑船时所唱的歌。

（刘明今）

陈起（生卒年不详） 南宋诗人兼书商。字宗之，钱塘（今浙江杭州）人。与江湖派诸诗人友善，理宗宝庆初编刻该派诸人诗为《江湖诗集》、《续集》、《后集》，江湖派之名由是而产生。集中收有陈起自己的诗，其中“秋雨梧桐皇子府，春风杨柳相公桥”句得罪史弥远，《江湖诗集》版被毁，陈起亦遭流配。著作有《芸居乙稿》。

夜过西湖①

【题解】

此诗妙在三、四两句，活灵地刻画出诗人灵感飞来、诗兴勃发的神态。因为是“夜过西湖”，客途中不备纸笔，故好句涌上心头，只能用手指蘸湖水写在船板上。其实清水写在船板上也是留不下什么的，这只是作者边吟边写的习惯的流露罢了。

鹊巢犹挂三更月，渔板惊回一片鸥②。吟得诗成无笔写，蘸他春水画船头。

---

① 本诗选自《宋诗纪事》卷六十四。② 渔板：长木。渔人夜间捕鱼，以长木叩舷为声，令鱼惊入网中。

（刘明今）

乐雷发(生卒年不详) 南宋诗人。字声远,宁远(今属湖南)人。宝祐元年(1253)特科第一,授馆职。后以数议时政不用,辞归。著作有《雪矶丛稿》。

寄姚雪篷使君[1]

【题解】

姚雪篷即姚镛,雪篷乃其号,剡溪(今浙江嵊州市西南)人。嘉定十年(1217)进士,为吉州判官,以军功擢守赣州,旋因忤帅臣贬衡阳。此诗即姚贬衡阳时乐雷发所作。使君是对州郡长官的尊称。

湘鳞六六寄相思[2],疏柳新蝉想别时[3]。今夜各听三楚雁[4],秋

① 本诗选自四库全书本《雪矶丛稿》卷二。② 湘鳞:时诗人在宁远,姚镛在衡阳,均在湖南境内,故称鱼为"湘鳞"。六六:指鲤鱼。陆游《九月晦日作》:"锦城谁与寄音尘,望断秋江六六鳞。"古人以鱼传书,见乐府诗《饮马长城窟行》。③ 疏柳新蝉:标明初夏景候。④ 三楚:战国楚地。古有东楚、西楚、南楚之分。后泛指湘鄂一带。鸿雁能传书,见到雁,自然地会想起远方的朋友。

风又老一年诗[5]。梅花且补离骚阙[6],薏苡应为史笔知[7]。剪竹疑峰新制笛[8],待冲霜月访桓伊[9]。

---

⑤"秋风"句:作者与姚镛俱善诗,姚有《雪篷集》传世。秋风起,黄叶飞,时节催人,所作诗亦多苍老之声,故有"秋风又老一年诗"句。⑥"梅花"句:意谓姚镛之咏梅诗可远承屈原的《离骚》。暗指姚遭贬逐事。⑦ 薏苡(yì sì):即米仁。《后汉书·马援传》:"初,援在交趾,常饵薏苡实,用能轻身省欲,以胜瘴气。南方薏苡实大,援欲以为种,军还,载之一车。时人以为南土珍宝,权贵皆望之。援时方有宠,故莫以闻。及卒后,有上书谮之者,以为前所载还,皆明珠文犀。"据此可知,姚镛被贬衡阳似与财物事有牵连,乐雷发乃力辩其诬,故有此句。⑧ 疑峰:即九疑山。诗人家乡宁远在九疑山麓。⑨ 桓伊:《世说新语·任诞》:"(王子猷)旧闻桓子野(伊)善吹笛,而不相识,遇桓于岸上过,王在船中。客有识之者,云是桓子野。王便令人与相闻,云:'闻君善吹笛,试为我一奏。'桓时已贵显,素闻王名,即便回下车,踞胡床,为作三调。弄毕,便上车去,客主不交一言。"此句以桓伊指姚镛,说自己要用九疑山的竹子制笛,冒着霜月前去拜访姚镛,请他吹奏。诗人用此典故意在说明他们二人的交情不同一般,心心相契,不拘形迹。

(刘明今)

乌乌歌[1]

【题解】

此诗作于宝祐元年(1253)作者中特科状元之后,其时"元兵大起,西北多虞",乃

---

① 本诗选自四库全书本《雪矶丛稿》卷一。

作此歌以“励志发愤”(见乐宣《雪矶丛稿跋》)。诗的主旨是慨叹在国难当头、贼兵盈野之际，书生无用，号召人们投笔从戎，请长缨杀贼。诗中所谓的书生有两类，一是读《离骚赋》的文人，一是读周敦颐《太极图》及《太极图说》的道学家。对于后者作者讽刺得尤其厉害，称他们“深衣大带讲唐虞”，“朝谭回轲兮夕讲濂伊”，批评的锋芒甚至及于颜回、孟轲，这在当时确实是十分大胆的言论。全诗意气风发、慷慨陈词，充分发挥了歌行体诗淋漓尽致的长处，足以激人心而励士气。

莫读书！莫读书！惠施五车今何如②？请君为我焚却《离骚赋》，我亦为君劈碎《太极图》③。朅来相就饮斗酒④，听我仰天呼乌乌。深衣大带讲唐虞⑤，不如长缨系单于。吮毫搦管赋《子虚》⑥，不如快鞭跃的卢⑦。君不见前年贼兵破巴渝，今年贼兵屠成都⑧。

---

② 惠施五车:《庄子·天下》:“惠施多方，其书五车。”比喻士子博览群书。③ 太极图：北宋周敦颐著，他利用道士的修炼图，改为演示天地万物生成图式的《太极图》，又作文字加以说明，为《太极图说》。要旨是“自无极而太极”，有生于无。后朱熹加以发挥，使成为程朱理学的理论基础。④ 朅(qiè)：通“曷”，为何不。⑤ 深衣：古代诸侯、大夫、士家居所穿的衣服，又是庶人的常礼服。大带：古祭服外的腰带。道学家讲究服古服、行古道，故以此称之。唐虞：唐尧虞舜，儒家理想中的古代贤君圣王。⑥ 吮(shǔn)毫搦(nuò)管：吮，用口含吸，吮毫，吮笔。搦，捏，握持。搦管，握笔。《子虚》：汉司马相如作有《子虚赋》，为世盛称。⑦ 的卢：一种性烈的快马，额正中有白斑。相传刘备在荆州遇险，骑的卢“一踊三丈”，跃过檀溪(见《三国志·先主传》引《世语》)。⑧ 巴渝：巴郡渝州，古地名，今四川东部地区。蒙古军自端平三年(1236)至嘉熙三年(1239)间曾两度攻陷成都及邛州、眉州、重庆府等地。宝祐六年(1258)蒙古大汗蒙哥又亲率主力进攻四川，忽必烈攻鄂州，然次年蒙哥战死，大军撤退，并未攻下成都。这些史实均与诗中所称的时间不合，故“前年”、“今年”当是泛指。

风尘澒洞兮豺虎塞途[⑨]，杀人如麻兮流血成湖。眉山书院嘶哨马[⑩]，浣花草堂巢妖狐[⑪]。何人笞中行[⑫]？何人缚可汗？何人丸泥封函谷[⑬]？何人三箭定天山[⑭]？大冠若箕兮高剑拄颐[⑮]，朝谭回轲兮夕讲濂伊[⑯]。绶若若兮印累累[⑰]，九州博大兮君今何之[⑱]？有金须碎作仆姑[⑲]，有铁须铸作蒺藜[⑳]。我当赠君以湛卢青萍之剑[㉑]，君当报我以太乙白鹊之旗[㉒]。好杀贼奴取金印[㉓]，何用区区章句为[㉔]？死诸葛兮能走仲达[㉕]，非孔子兮孰却莱夷[㉖]？噫！歌乌乌兮使我不怡，莫读书，成书痴！

---

⑨ 澒(hòng)洞：相连不断貌。⑩ 眉山书院：指眉州孙抃家的藏书楼兼学堂。⑪ 浣花草堂：杜甫移家成都时在浣花溪边所建。⑫ 中行：中行是汉初护送公主远嫁匈奴的小臣，留匈奴不返，"以汉事告匈奴"(见《汉书》卷四十八)，此以中行指投降蒙古的宋臣。⑬ 丸泥：汉隗嚣将王元向嚣夸口称："元请以一丸泥为大王东封函谷关，此万世一时也。"(《后汉书·隗嚣传》)⑭ "三箭"句：唐薛仁贵骁勇善战，西征日曾发三矢，杀三人，虏皆气慑。军中歌曰："将军三箭定天山，壮士长歌入汉关。"(见《新唐书·薛仁贵传》)⑮ 箕：簸箕。颐：下巴。语出《战国策·齐六》，此指空谈的道学家举止。⑯ 回轲：颜回、孟轲。濂：周敦颐号濂溪。伊：程颐号伊川。⑰ 绶：丝带。若若：长貌。累累：联贯成串。⑱ 何之：何处去。⑲ 金：铜。仆姑：良箭之称。⑳ 蒺藜：一种果实有刺的植物。古时以铁铸成蒺藜状，撒在地上，用以拒敌。㉑ 湛卢、青萍：古之名剑。㉒ 太乙：汉武帝郊祀造太乙旗，上绘日、月、星、龙等图像。白鹊：李白《送外甥郑灌从军》："斩胡血变黄河水，枭首当悬白鹊旗。"太乙、白鹊旗均是军事胜利的象征。㉓ 好杀：努力地杀。㉔ 为：疑问词。㉕ 诸葛：诸葛亮；仲达：司马懿的字。诸葛亮死前设计用疑兵吓退司马懿，事见《三国志》。㉖ 却：退。莱夷：春秋时东莱(今山东东部)的少数民族。鲁君与齐君相会，齐君指使莱夷劫持鲁君。随行的孔子说服了齐君斥退莱夷，释放了鲁君。事见《左传·定公十年》。"死诸葛"两句指出文士或儒生当以诸葛亮与孔子为榜样，临事不惧，智可戡乱。

(刘明今)

方岳（1199—1262） 宋末诗人。字巨山，号秋崖，祁门（今属安徽）人。绍定五年（1232）进士，历南康军及滁州教授，官至吏部侍郎。方岳嫉恶敢言，先后三次为史嵩之、贾似道、丁大全劾论罢官，直声著于世。其诗与刘克庄齐名，多牢骚激愤之语，亦不拘于一格。著作有《秋崖集》。

泊歙浦[①]

【题解】

歙浦在今安徽歙县东南十五里新安江与练溪会口处。此诗抒写了自己羁旅之感，情景融合，意象清远，是江湖派诗作中的上品。

此路难为别，丹枫似去年。人行秋色里，雁落客愁边[②]。霜月倚寒渚，江声惊夜船。孤城吹角处，独立渺风烟。

---

① 本诗选自四库全书本《秋崖集》卷五。② 雁落：雁越飞越远，渐渐消逝。

（刘明今）

林升（生卒年不详） 南宋诗人。宋孝宗淳熙间士人，生平无考。

题临安邸①

【题解】

此诗载于《宋诗纪事》，乃自《西湖游览志余》摘出。作者是一位名不见经传的士人，然此诗却脍炙人口，不胫而走，原因是它形象鲜明地概括了南宋小朝廷偏安一隅、酣歌曼舞、醉生梦死、不图恢复的嘴脸，向他们敲起了警钟：再这样下去，杭州将成为第二个汴州，南宋朝廷将步北宋后尘，再度沦于敌手。全诗造语新颖，“山外青山”写西湖之胜景无边，“楼外楼”状小朝廷楼台馆阁之盛，“熏”字写游人为之陶醉、忘乎所以的憨态，则尤为传神，可谓含蕴甚富，感慨极深。

山外青山楼外楼，西湖歌舞几时休！暖风熏得游人醉，直把杭州作汴州。

---

① 本诗选自《宋诗纪事》卷五十六。

（刘明今）

严羽（生卒年不详） 南宋诗论家、诗人。字仪卿，一字丹丘，号沧浪逋客，邵武（今属福建）人。性豪放，恃才高不事科举，浪迹江湖以终。著作有《沧浪吟卷》及《沧浪诗话》。

和上官伟长芜城晚眺[1]

【题解】

上官伟长名良史，号阆风山人，是严羽的同乡好友。芜城即广陵，故城在今江苏江都境。鲍照有《芜城赋》咏之，因得名。严羽论诗提倡学习盛唐，此诗气象恢宏，情韵颇富，是典型的唐音。明李东阳《怀麓堂诗话》称其三、四两句云："真唐句也。"

平芜古堞暮萧条[2]，归思凭高黯未消。京口寒烟鸦外灭[3]，历阳秋色雁过遥[4]。清江木落长疑雨[5]，暗浦风多欲上潮[6]。惆怅此时频极目，江南江北路迢迢。

---

① 本诗选自四库全书本《沧浪集》卷二。② 平芜：荒芜的原野。堞（dié）：城上的矮墙。③ 京口：今江苏镇江。④ 历阳：今安徽和县。⑤ 疑雨：江边树叶坠地，发出如下雨般的沙沙声。⑥ 浦：通大河的小河。

（刘明今）

许月卿（1213—1282） 宋末诗人。字太空，号泉田子，婺源（今属江西）人。淳祐四年（1244）进士，历承直郎、浙西运干。曾先后上书指斥权臣史嵩之、贾似道，被目为狂士。后以言不合，罢归故里，寓情书史。宋亡，隐居不出。著作有《先天集》。

满城风雨近重阳[①]

【题解】

此诗作于宋亡之后，诗中以“鸥鸟”为心盟，以“云山”为眼界，表达了作者心怀故国，不屈服于新朝权贵的高洁的情操。全诗声韵铿锵，文词清新明畅。颈联二句以“酒”与“菊”一字起首，用散文句法入诗，显得平地生波，戛戛不作凡调，衬托了诗人孤高绝俗的心态。

满城风雨近重阳，一舸烟波入醉乡。心事已同鸥鸟白，眼界空有云山苍。酒安能管兴亡事，菊亦颇复时世妆[②]。何似长歌明月里，月明天阔地更长。

---

① 本诗选自四部丛刊续编本《先天集》卷三。② 时世妆：妇女入时的装饰。此句喻菊花在士人的心目中本是清高之物，然而此刻菊花竟亦有追逐时好者。这大约是指那些初时不肯降元，后来变志屈节出仕元室者。

（刘明今）

谢枋得(1226—1289) 南宋诗人。字君直,号叠山,弋阳(今属江西)人。宝祐四年(1256)进士,曾为考官,以出题忤贾似道,斥罢。宋末知信州,曾率兵抗元,城陷,变姓名入建宁山中。元初征聘,累辞不就。后为福建行省魏天祐胁迫至元大都,绝食死。著作有《叠山集》。

荆棘中杏花[1]

【题解】

杏花是人们珍爱的观赏花卉,历代咏杏花之作屡见不鲜。之所以如此得到人们吟赏,与它艳丽的色泽、妖娆的身影是分不开的。南宋京师临安人最喜爱杏花,可是诗人却在荒凉的村落旁,在荆棘丛中,见到一株无人观赏、无人爱惜的杏花。同样的花,或落茵上,或坠溷中,其遭遇便有天壤之别。诗人之所以感慨系之,乃是因为宋室沦亡,百姓涂炭,在元大军的蹂躏下,荆棘中的杏花已成为南宋广大士人命运的象征。

墙东荒蹊抱村斜,荆棘狼藉盘根芽。何年丹杏留此种,小红濈濈争春华[2]。野人惯见谩不省[3],独有诗客来咨嗟[4]。天真不到铅粉

---

① 本诗选自四库全书本《叠山集》卷一。② 小红:杏花瓣小,红色,故称小红。濈濈(jí):聚集貌。③ 谩:怠慢、轻视。谩不省,轻视而不加理会。④ 咨嗟:嗟叹。

笔[5],富艳自是宫闱花。曲池芳径非宿昔,苍苔浊酒同天涯[6]。京师惜花如惜玉,晓檐卖彻东西家[7]。杏花看红不看白[8],十日忙杀游春车。谁家园里有此树,郑重已着重帏遮。阿娇新宠贮金屋[9],明妃远嫁愁清笳[10]。落花萦帘拂床席,亦有飘泊沾泥沙。天公无心物自物,得意未用相凌夸。黄昏人归花不语,惟有落月啼棲鸦。

---

⑤ 天真:《庄子·渔父》:"礼者,世俗之所为也。真者,所以受于天也,自然不可易也。"此句言杏花天生丽质,不需要铅华修饰。⑥"曲池"两句意谓今日荆棘丛中的杏花已失去了往日的"曲池芳径",而是立苍苔、对浊酒,与诗人一样,同是沦落天涯了。⑦"晓檐"句:言一大早屋檐下就开始卖杏花。东边、西边的人家,几乎家家都买。⑧"杏花"句:杏花开后花色由红转白而凋谢,故看花要"看红不看白"。杨万里《郡圃杏花》云:"才怜欲白仍红处,政是微开半吐时。"⑨ 阿娇:汉武帝姊之女。汉武帝幼时,其姊问他娶阿娇好否?武帝笑对曰:'好,若得阿娇作妇,当作金屋贮之。'"比喻杏花在京师备受荣宠。⑩ 明妃:王昭君。此以王昭君远嫁胡地喻杏花之生在荆棘丛中。

(刘明今)

周密（1232—1298） 宋末诗人、词人。字公谨，号草窗、蘋州、四水潜夫、弁阳老人等，原籍济南（今属山东），流寓吴兴（今浙江湖州），早年为临安府幕属，淳祐中为义乌令。宋亡不仕，居杭州，与谢翱、邓牧相往还。其词格律谨严，为宋末雅正派代表作家。其诗亦雅丽清远，富于情韵。著作有《草窗韵语》、《草窗词》及笔记《武林旧事》、《齐东野语》等。

题高房山夜山图为江浙行省照磨李公略作①

【题解】

周密的诗颇有一些是学习李贺的，如《荒冢谣》、《拟长吉十二月乐辞》等，这首诗亦明显地具有长吉体的风格。宋金季世学李贺诗人渐多，北方有龙山诗派，南方则有周密、谢翱等作家，这也是时代社会环境使然。当时战乱频仍，国事已不可为，他们志不获伸，才不克售。乃伤时感物而泄其悲愤于诗，故诗中多幽微之情、压抑之思、感伤之语。此诗题夜山图，以“浮岚飞雾”、“山鬼木客”、“冥搜”、“呓语”等词语渲染了图中凄迷恍惚的景象，末一句“城郭人民今是不”更是充满伤感、寂寞、凄冷之情。高房山，高克恭，字彦敬，号房山，祖先为西域人，居大都，元初官至刑部尚书，为著名画家。照磨，元首领官名，掌衙门钱谷出纳、营缮料理等事。

---

① 本诗选自《宋诗纪事》卷八十。

郎潜暇日多冥搜②,夜深独上千尺楼。天回海立月政湿③,风起云涌山疑浮。萦青缭白互变灭④,浮岚飞雾寒飕飕⑤。潜虬棲鹘声磔磔⑥,山鬼木客鸣呦呦⑦。城中痴儿方呓语,有梦不到千山幽。遥岑寸碧目力远⑧,欲遡汗漫凌风游⑨。高侯落笔万象泣,写出千古苍茫愁。无声诗与有声画⑩,一夕异事传南州⑪。玉琴在膝酒在手,欲写天籁无庄周⑫。凭谁为问华表鹤,城郭人民今是不⑬?

---

② 郎潜:谓老于郎署,久不升迁。冥搜:搜访及于幽远之处。常指文艺创作时神驰万里、玄思妙想的状态。③ 政:通“正”。此句言海波汹涌,惊涛卷雪,似乎把月亮都打湿了。④ “萦青”句:形容在月光的照射下,深蓝色的海水时时泛出银色的光辉,变幻明灭。⑤ 岚:雾气。⑥ 鹘(hú):鸷鸟,能俯击鸠鸽而食之。一说鹘即隼。磔磔(zhé):凄厉的鸣声。⑦ 木客:传说中山间的怪兽,形似人,手脚爪如钩。呦呦(yōu):鸣声。⑧ 岑:小而高的山。寸碧:在绘画中高山巨壑都收摄于方寸之间,故名。⑨ 遡:同溯。逆流而上。汗漫:广阔无垠的空间。⑩ 无声诗:指画。有声画:指诗。⑪ 南州:指江浙行省。⑫ 天籁:自然界的音响。⑬ “凭谁”两句:据《搜神后记》记载,丁令威学道成仙后、化鹤归辽,止于城门华表柱,吟曰:“有鸟有鸟丁令威,去家千年今始归。城郭如故人民非,何不学仙冢累累。”不:同“否”。

(刘明今)

陈造（1133—1203） 南宋诗人。字唐卿，高邮（今属江苏）人。淳熙二年（1175）进士，官至淮南西路安抚司参议。以所谋不合，无补于世，遂自号江湖长翁。著作有《江湖长翁集》。

田 家 谣[1]

【题解】

这是一首反映丰年田家生活的诗歌。一方面风调雨顺，一方面全家辛勤劳作，于是便出现了孟子所说的"乐岁终身饱"的景况。作者其时正为湖北房陵知州，诗中也表现了房陵地区的风土人情。

麦上场，蚕出筐，此时只有田家忙。半月天晴一夜雨，前日麦地皆青秧。阴晴随意古难得，妇后夫先各努力。倏凉骤暖蚕易蛾[2]，大妇络丝中妇织，中妇辍闲事铅华[3]，不比大妇能忧家。饭熟何曾趁时吃，辛苦仅得蚕事毕。小妇初嫁当少宽[4]，令伴阿姑顽过日[5]。明年愿得如今年，剩贮二麦饶丝绵[6]。小妇莫辞担上肩[7]，却放大妇当姑前[8]。

---

① 本诗选自四库全书本《江湖长翁集》卷九。② 蚕易蛾：蚕很快结茧，茧破则蛾出。③ 铅华：搽脸的粉。事铅华，修饰打扮之意。④ 少：稍微。⑤ 阿姑：即小姑。顽：嬉也。⑥"剩贮"句：意为能有多余的大麦、小麦和丝绵。⑦ 担上肩：挑起家务的担子。⑧ 当姑前：在婆婆前侍奉相陪。

（刘明今）

刘辰翁（1234—1297） 宋末诗人、文学批评家。字会孟，号须溪，庐陵（今江西吉安）人。景定三年（1262）进士，以直言忤贾似道，乃因亲老请为濂溪书院山长。宋亡，托方外以终。刘辰翁为宋元之际著名的文学批评家，好批选旧籍，如杜甫、李贺、陆游诗，《世说新语》，皆有其评选本行世。其诗直抒己意，不拘旧格，亦别为一家，于当时江西的诗风影响颇大。著作有《须溪集》。

清明日偶成[①]

【题解】

元既灭宋，统一中国，抗元斗争日趋微弱，这时宋室的遗民们大都抱着消沉的态度，于诗酒山水中消磨人生。他们并非不怨，只是怨得更深更隐蔽而已。这首诗正是这样一种情绪的反映。

海日高高天欲斜，断桥无复听呕哑[②]。墓中酩酊已千载[③]，陌上清明有几家。已老愈疏唯酒盏[④]，更晴相觅是梅花。年年春怨深如昨，莫把无涯恨有涯[⑤]。

---

① 本诗选自《宋诗纪事》卷六十八。② 呕哑：管弦声。杜牧《阿房宫赋》："管弦呕哑，多于市人之言语。"③ 酩酊：大醉。此以酒之醒醉喻人之生死。④ "已老"句：意谓老后对于各种事物爱好渐渐疏远，唯有酒却例外。⑤ "莫把"句：意谓生有涯而恨无涯，故不可以有涯之身作无涯之恨。

（刘明今）

文天祥（1236—1283） 宋末民族英雄、政治家、诗人。字履善，又字宋瑞，号文山，庐陵（今江西吉安）人。理宗宝祐三年（1255）举进士第一，官至右丞相，兼枢密使。奉使元营，被拘逃脱，乃泛海至温州，与元兵转战江西、福建、广东等地，后在海丰为张弘范所俘，囚燕京三年，不屈被杀。文天祥用血和泪写下了许多激昂慷慨、沉郁苍凉、饱含着浓厚的爱国之情的诗篇，被后人视为诗史。著作有《文山先生全集》。

过零丁洋[①]

【题解】

宋帝赵昺祥兴元年（1278）十二月，文天祥在广东海丰五坡岭被元军俘获，次年正月元军都元帅张弘范挟之攻打厓山，逼他写信招降坚持抗战的张世杰，文天祥乃以此诗示之，表达了宁折不屈、视死如归的崇高气节。末两句千古传诵，体现了中华民族伟大的民族精神。

辛苦遭逢起一经[②]，干戈寥落四周星[③]。山河破碎风飘絮，身世

---

① 本诗选自明嘉靖本《文山先生全集》卷十四。② “辛苦”句：写自己入仕的经历，辛辛苦苦，通过“明经”的考试而得官，受到朝廷的选拔、任用。③ “干戈”句：写自己勤王抗战的经历。文天祥自德祐元年（1275）正月以全部家产充作军费，起兵勤王，至祥兴元年（1278）十二月被俘，整整四年，故称“四周星”，因为星象的变化以一年为周期。当时宋廷危在旦夕，抗元的力量已十分微弱，故云“干戈寥落”。

浮沉雨打萍。惶恐滩头说惶恐[④]，零丁洋里叹零丁[⑤]。人生自古谁无死，留取丹心照汗青[⑥]。

④ 惶恐滩：原名黄公滩，在江西万安县赣江中，为赣江十八滩之一，滩险水急，行舟不易，故又称惶恐滩，景炎二年(1277)文天祥在江西空坑兵败，曾经过惶恐滩撤退到福建汀州。⑤ 零丁洋：即伶仃洋，在今广东珠江口。作者于海丰被俘去厓山途中，曾被囚于零丁洋战船中。⑥ 汗青：史册。

(刘明今)

金 陵 驿[①]

【题解】

这首诗是祥兴二年(1279)文天祥在被押赴燕京的途中，路过金陵时所作。全诗充满了亡国的哀痛，江山依旧，而人事却发生了翻天覆地的变化。如今作者被押北上，就要离开这自己曾为之献出一切而奋斗的土地和人民，怎能不心潮如沸、泪尽而继之以血呢？末两句作者表示了以身殉国的决心。原诗有2首，本篇为其中之一。

草合离宫转夕晖[②]，孤云飘泊复何依[③]？山河风景元无异，城郭

① 本诗选自明嘉靖本《文山先生全集》卷十四。② 离宫：即行宫。宋高宗南渡初曾短期留驻金陵，建有行宫。宫殿是皇室与国家的象征，如今野草滋生蔓延，在夕阳映照下显得一片荒凉。③ 孤云：作者自喻。

人民半已非[4]。满地芦花和我老，旧家燕子傍谁飞[5]？从今别却江南路，化作啼鹃带血归[6]。

---

④“山河”两句：意为经过一番战乱，山河风景依旧，可是城郭残破，百姓离丧，尤其是在蒙元统治下人们衣饰、言语、习俗都发生了很大的变化，故诗人感触特别强烈。上句用晋过江诸人会于新亭，周颉叹息“风景不殊，正自有河山之异”典。下句出《搜神后记》：丁令威弃家学道，后化鹤归辽，停华表柱上，人逐之，鹤飞空中云：“有鸟有鸟丁令威，去家千年今始归，城郭犹是人民非。”⑤ 旧家燕子：刘禹锡《乌衣巷》：“旧时王谢堂前燕，飞入寻常百姓家。”此化用其意，写金陵之残破与人事之变化。⑥ 啼鹃：传说古蜀帝杜宇被迫禅位亡去，死后化作杜鹃归来，啼泣不已，至口角流血。

（刘明今）

正　气　歌[1]

【题解】

此诗原有小序云：“余囚北庭，坐一土室。室广八尺，深可四寻，单扉低小，白间短窄，污下而幽暗。当此夏日，诸气萃然……叠是数气（指水气、土气、日气、火气、米气、人气、秽气），当侵沴鲜不为厉，而予以孱弱俯仰其间，于兹二年矣，无恙，是殆有养致然，然尔亦安知所养何哉？孟子曰：‘我善养吾浩然之气。’彼有气七，吾气有一，以一敌七，吾何患焉。况浩然者乃天地之正气也，作《正气歌》一首。”文天祥在此序中概括囚室中污浊的环境有七气，此七气体现了蒙元贵族对他的迫害。当时元统治

---

① 本诗选自明嘉靖本《文山先生全集》卷十四。

者为了逼他投降,使尽了威胁利诱的各种手段,然文天祥均不为所动。他认为支持自己坚强不屈的精神力量就是至大至刚充塞于天地之间的浩然正气。此诗以赋的铺写手法歌咏了正气,展示了作者坚贞的品德、阔大的胸襟及崇高的爱国主义精神。

天地有正气,杂然赋流形[②],下则为河岳,上则为日星,于人曰浩然,沛乎塞苍冥[③]。皇路当清夷[④],含和吐明庭[⑤],时穷节乃见,一一垂丹青。在齐太史简[⑥],在晋董狐笔[⑦],在秦张良椎[⑧],在汉苏武节[⑨]。为严将军头[⑩],为嵇侍中血[⑪],为张睢阳齿[⑫],为颜常山舌[⑬]。或为辽

---

② 流形:指万物形体。此句意谓天地之正气可以赋成万物。③ 沛乎:盛大充盈貌。苍冥:苍茫的天空。④ 皇路:国家的政局,时运。清夷:清明平和。⑤ 明庭:同明廷,即名堂,古代帝王祀神灵、朝诸侯之地。⑥ 太史:古代史官。简:竹片,古代无纸,文字写在竹简上。《左传》襄公二十五年载齐大夫崔杼杀齐庄公,"太史书曰:'崔杼弑其君。'崔子杀之。其弟嗣书而死者二人,其弟又书,乃舍之。"以下杀上曰弑,齐太史称"崔杼弑其君",用词准确,意存贬抑,不惜为之冒杀身之祸,故为后世称颂。⑦ 董狐:春秋时晋国史官。《左传》宣公二年载赵穿杀晋灵公,"太史(董狐)书曰:'赵盾弑其君。'以示于朝。宣子(赵盾)曰:'不然!'对曰:'子为正卿,亡不越境,返不讨贼,非子而谁!'……孔子曰:'董狐,古之良史也,书法不隐。'"⑧"在秦"句:言张良募力士在博浪沙椎击秦始皇事。⑨ 苏武节:指苏武持汉节牧羊十九年不降匈奴之事。⑩ 严将军:指东汉末严颜。刘璋命严颜守巴郡。张飞攻巴郡,获之,迫降,严曰:"我州但有断头将军,无降将军。"(见《三国志·蜀志·张飞传》)⑪ 嵇侍中:指嵇绍,在晋官侍中。嵇绍尝从惠帝出征,兵败,飞矢雨集,绍以身蔽帝而死,血染帝衣。事后,左右欲取衣浣之,帝曰:此嵇侍中血,勿去。"(见《晋书·嵇绍传》)⑫ 张睢阳:指张巡。唐安禄山、史思明起兵作乱,张巡守睢阳,抗击叛军尹子奇部,困守两年。"巡神气慷慨,每与贼战,大呼誓师,眦裂流血,齿牙皆碎。"(见《旧唐书·张巡传》)⑬ 颜常山:指颜杲卿。唐安史之乱时,常山太守颜杲卿起兵讨之,被获,骂贼不绝。安禄山缚之天津桥柱,节解之,仍骂不绝口,贼乃钩断其舌,杲卿不能言,乃含糊而卒。(见《新唐书·颜杲卿传》)

东帽，清操厉冰雪[14]；或为出师表[15]，鬼神泣壮烈；或为渡江楫，慷慨吞胡羯[16]；或为击贼笏[17]，逆竖头破裂。是气所磅礴，凛烈万古存。当其贯日月，生死安足论！地维赖以立[18]，天柱赖以尊，三纲实系命[19]，道义为之根。嗟余遘阳九[20]，隶也实不力[21]。楚囚缨其冠[22]，传车送穷北[23]。鼎镬甘如饴[24]，求之不可得。阴房阒鬼火[25]，春院闷天黑[26]。牛骥同一皂[27]，鸡栖凤凰食。一朝蒙雾露，分作沟中瘠[28]。如此再寒暑，百沴自辟易[29]。哀哉沮洳场[30]，为我安乐国。岂有他缪巧，阴阳不能贼[31]。顾此耿耿存[32]，仰视浮云白。悠悠我心忧，苍天曷有极[33]！哲人日已远[34]，典刑在夙昔[35]。风檐展书读[36]，古道照颜色[37]。

---

⑭ “或为”两句言管宁事。管宁字幼安，北海人，汉末避乱，隐居辽东，常著皂帽力田，以清操自厉。（见《三国志·魏志·管宁传》）⑮ 出师表：蜀汉后主建兴五年(227)诸葛亮率兵北伐曹魏，临行前上《出师表》，规划朝政及中兴大计，表示以身许国，死而后已。（见《三国志，蜀志·诸葛亮传》）⑯ 渡江楫：东晋祖逖统兵北伐，渡江，中流击楫而誓曰：“不能清中源而复济者，有如此江！”（见《晋书·祖逖传》）⑰ 击贼笏：唐德宗时朱泚谋反，太尉段秀实痛詈之，并以笏击泚，中其额，泚流血满面匍匐而走。（见《旧唐书·段秀实传》）⑱ 地维：维系大地的绳索。⑲ 三纲：儒家所提倡的君臣、父子、夫妇之道，语出汉董仲舒《白虎通义》：“君为臣纲，父为子纲，夫为妻纲。”⑳ 遘(gòu)：遭逢。阳九：灾荒年景和厄运。道家以天厄为阳九，地亏为百六。（见《灵宝天地运度经》）㉑ 隶：隶属、部下。㉒ “楚囚”句：以楚囚锺仪自喻，虽被囚禁，仍不忘南方故国。㉓ 传车：驿车。穷北：极北荒凉之处。㉔ 鼎镬：镬为无足的鼎，古代有以鼎镬置水烹人的酷刑。饴：糖。此句意为视死如归，不作生还之望。㉕ 阒(qù)：寂静。㉖ 闷(bì)：闭塞。㉗ 骥：千里马。皂：马槽。㉘ 分(fèn)：分所应该。沟中瘠：沟壑中的枯骨。㉙ 沴(lì)：因气不和而生的灾害。辟易：退避。㉚ 沮洳(jù rù)：低湿之地，指所居囚室。㉛ 贼：伤害。㉜ 耿耿：指浩然之正气。㉝ “悠悠”两句：言忧愁如苍天无穷尽。《诗·唐风·鸨羽》：“悠悠苍天，曷其有极。”㉞ 哲人：贤哲之人，此处指以上所称引的气节之士。㉟ 典刑：楷模、榜样。㊱ 风檐：不蔽风雨的场所。㊲ 古道：儒家所推尊的伦理气节。照颜色：光华照亮容颜，意谓激励自己。

（刘明今）

何梦桂（生卒年不详） 宋末诗人。字岩叟，淳安（今属浙江）人。咸淳元年（1265）进士，授台州军事判官，历仕至大理寺大卿，见宋室危殆，知事不可为，乃引疾去。入元，累征不起。著作有《潜斋集》。

蛟 龙 歌[①]

【题解】

何梦桂生于宋季，见元兵南逼，朝廷腐败，大厦将倾，非独木可支，乃退隐山林。他与文天祥、张世杰等抗元志士不同，文、张二人知不可为而为之，以身献国。他则知不可为而不为，仅是一洁身自爱者。这首诗以蛟龙为喻，发挥老子"外其身而身存"的观点，提倡以无欲来保持自己皎然的志节，反映了宋末元初相当一部分遗民的思想。

生物具角齿，每每与物抗。蹈穽虎以刚，触藩羊以壮[②]。世间怪物有蛟龙，三百六十虫之长。神灵出嘘气，变化互来往。布爪曾云兴[③]，鼓鬐欻电放[④]。无欲不受刘累驯[⑤]，假形岂被叶公诳[⑥]。时飞则

① 本诗选自四库全书本《潜斋集》卷一。② 触藩：《易·大壮》："羝羊触藩，不能退，不能遂。"即公羊角挂在篱笆上，进退两难。③ 曾云：同层云。④ 鬐（qí）：即鳍欻（xū）：同"倏"，忽然，迅疾貌。⑤ 刘累：陶唐氏之后，尝学驯龙术于豢龙氏。⑥ 叶公：刘向《新序·杂事》："叶公子高好龙，钩以写龙，凿以写龙，屋室雕文以写龙。于是天龙闻而下之，窥头于牖，施尾于堂。叶公见之，弃而还走，失其魂魄。"

飞潜则潜，所以随时知得丧[7]。莫道鱼虾性不灵，相依呴沫岂敢嗔[8]。江濆鳣鲸久失水[9]，闻此鼓舞咸相亲。世无刑醢受[10]，时非法网秦[11]。然非藉余荫，安能逃世人[12]。亡象齿与革，亡猩血与唇[13]。有身即有患[14]，谁能无其身？安得此身化为云，随龙上下云无心。

---

⑦“时飞”两句：据《易·乾》：“初九：潜龙，勿用。”“九五：飞龙在天，利见大人。”龙能够三栖，潜在深渊，行走陆上，也能在天空飞腾。故可以随时而变，与天道、阴阳相消长。⑧ 呴（xǔ）沫：《庄子·天运》：“泉涸，鱼相与处于陆，相呴以濕，相濡以沫，不如相附于江湖”。呴沫即以吐沫相济，喻在困境中互相支援。⑨ 濆（fén）：水边。鳣（zhān）：鲟鳇鱼，体长大。⑩ 醢（hǎi）：将人剁成肉酱的酷刑。⑪ 法网秦：秦既并吞六国，以严刑峻法待天下，法网严密，故称法网秦。⑫“然非”两句：意谓如不是祖先积德，怎么能像桃花源中人那样寻得一个能逃避乱世、逃避严刑峻法的世外桃源呢？既然不能寻得避世的桃源，便只能无欲无身，效龙那样与时变化了。⑬“亡象”两句：意为象因有象牙与象皮而亡身，猩猩因血与唇可资利用而遭杀戮。⑭《老子》上篇：“吾所以有大患者，惟吾有身。苟吾无身，吾有何患？”有身即有宠辱之惊，有爱恶之欲，故“有身即有患”，患得患失。

（刘明今）

汪元量（生卒年不详） 宋末诗人。字大有，号水云，钱塘（今浙江杭州）人。宋季以琴艺供奉内廷，临安失陷后，随三宫被掳北去，十三年后乞准以道士之身南归，往来钱塘、匡庐、西蜀间，不知所终。其诗悲歌慷慨，多纪事之作，被誉为"诗史"。著作有《湖山类稿》、《水云集》。

夷山醉歌①

【题解】

夷山在汴京。元至元二十三年（1286）汪元量以翰林官身份奉使代祀五岳四渎，行程凡一万五千里，在南岳降香后经过汴京夷山，目睹往日陈迹，触物兴感，悲从中来，乃作此诗。诗以"醉歌"为题，写来遂全无顾忌。

楚狂醉歌歌正发②，更上梁台望明月③。西风猎猎吹我衣，绝代佳人皎如雪。槌羯鼓④，弹箜篌，烹羊宰牛坐糟丘⑤，一笑再笑扬清

① 本诗选自中华书局1984年辑校本《增订湖山类稿》卷三。② 楚狂：指接舆。事见《论语·微子》。此以楚狂自喻。③ 梁台：汉梁孝王筑梁苑，在汴京旧地，中有高台。④ 羯鼓：古羯族乐器，唐诸乐如龟兹部、高昌部等皆用之。⑤ 糟丘：积酿酒所余的糟滓堆积成山为糟丘。"坐糟丘"比喻痛饮。

讴[⑥]。遥看汴水波声小，锦缆忘还事多少[⑦]？昨日金明池上来[⑧]，艮岳凄凉麋鹿绕[⑨]。麦青青，黍离离[⑩]，万年枝上鸦乱啼[⑪]。二龙北狩不复返[⑫]，六龙南渡无还期[⑬]。金铜泪迸露盘湿，画栏桂柱酸风急[⑭]。鸠居鹊构苍隼入[⑮]，蛇出燕巢白狐立。东南地陷妖氛黑[⑯]，双凤高飞海南陌[⑰]。吴山日落天沉沉[⑱]，母子同行向天北[⑲]。关河万里雨露深，小儒何必悲苦心。归来耳热忘头白，买笑挥金莫相失。呼奚奴，吹筚篥[⑳]，美人纵复横，今夕复何夕？楚狂醉歌歌欲辍，老猿为我啼竹裂[㉑]。

---

⑥ 扬清讴(ōu)：放声唱佳曲。⑦ 锦缆：缆，绳索，锦缆喻锦饰的船。据《大业拾遗记》记载，隋炀帝幸扬州，自"御龙舟，萧妃乘凤舸，锦帆彩缆，穷极侈靡。……每舟择妙丽长白女子千人执雕板镂金楫，号为殿脚女，锦帆过处，香闻十里"。隋炀帝三次游江都，结果被宇文化及发动兵变，用丝带勒死于江都，故诗称"锦缆忘还"。此暗以隋炀帝喻宋徽宗，认为二人穷奢极欲有相似处。⑧ 金明池：在宋汴京西郑门西北，周围九里。五代周世宗凿以训练舟师。宋徽宗于池周围建殿宇，成游观之所。金兵入汴，毁于兵火。⑨ 艮(gěn)岳：宋徽宗在汴京东北角堆成的土山，上设花木奇石。⑩ 黍离离：《诗经·王风》有《黍离》篇，咏写故国之思。⑪ 万年枝：称御苑中的树木。⑫ 二龙：指徽宗、钦宗，两人被金掳去，死于北方。⑬ 六龙：指御驾。皇帝车驾用六匹马。马八尺称龙。此以六龙指南渡之康王(即后来的宋高宗)。⑭ "金铜"句：魏明帝青龙五年(237)诏宫官牵车往长安取汉武帝捧露盘仙人，欲立置洛阳前殿。宫官既拆盘，仙人临载乃潸然泪下。(见《三国志·魏书·明帝纪》)唐李贺据此作《金铜仙人辞汉歌》，写兴亡盛衰的感慨，诗中有两句写道："魏官牵车指千里，东关酸风射眸子。"⑮ "鸠居"句：《诗经·召南·鹊巢》："维鹊有巢，维鸠居之。"此以鹊喻宋，鸠喻金，苍隼喻蒙元。⑯ 东南地陷：指南宋沦亡。⑰ 双凤高飞：指宋度宗子益王赵昰、广王赵昺在临安城陷后逃到温州、福州事。⑱ 吴山日落：吴山在杭州西湖侧，又称城隍山。吴山日落喻杭州失陷。⑲ 母子同行：指全太后与帝㬎被元将伯颜俘虏，押送大都。⑳ 奚奴：本指女奴，后亦兼称男仆。筚篥：古管乐器。㉑ 竹裂：形容啼声之凄厉。

(刘明今)

湖州歌[1]

【题解】

《湖州歌》是一组“纪国亡北徙事”的组诗。宋恭帝德祐元年(1276)十月,元军统帅伯颜分兵三路自建康向临安进逼,次年正月太皇太后谢氏请降,二月伯颜大军驻湖州,派人到临安索取太皇太后的投降手诏,并解散南宋政府,三月伯颜率军入临安,俘全太后、帝㬎及宋宫室大臣,押送去大都。汪元量也在被押往之列。他目睹并身受这“亡国之戚,去国之苦,间关愁叹之状”,乃一一形之于诗,成此《湖州歌》98首。故其友人李珏说:“水云之诗,亦宋亡之诗史也。”(《湖山类稿跋》)此第六首写诸人被虏北上离别临安时的情景。

北望燕云不尽头[2],大江东去水悠悠。夕阳一片寒鸦外,目断东南四百州[3]。

---

① 本诗选自中华书局1984年辑校本《增订湖山类稿》卷二。② 燕(yān)云:五代石敬瑭以燕云十六州赂契丹,借契丹力以建立后晋王朝,其后赵宋建国,燕云十六州一直未收复。元大都在今北京市,属燕云旧地。③ 四百州:指南宋统治下的府、州、军一级行政区域。宋全盛时号八百州,南宋减半为四百州。

(刘明今)

秋日酬王昭仪[①]

【题解】

王昭仪名清惠(昭仪为宫中女官名)。汪元量在宋季供奉内廷,即以琴艺事谢后与王昭仪。南宋亡,汪元量与王昭仪俱被掳北上。其后汪元量在大都十余载,二人“琴书相与无虚日”(王清惠《送水云归吴诗序》)。此诗咏写了作者秋日的感伤,羁人之恨,故国之恋溢于笔端。

愁到浓时酒自斟,挑灯看剑泪痕深。黄金台愧少知己[②],碧玉调将空好音[③]。万叶秋风孤馆梦,一灯夜雨故乡心。庭前昨夜梧桐语,劲气萧萧入短襟[④]。

---

① 本诗选自中华书局1984年辑校本《增订湖山类稿》卷三。② 黄金台:燕昭王筑黄金台招揽天下贤士。③ 碧玉调:《乐府诗集》有《碧玉歌》,《乐苑》曰:“碧玉歌者,宋汝南王所作也。碧玉,汝南王妾名,以宠爱之甚,所以歌之。” ④ 劲气:萧瑟寒峭、砭人肌骨的秋风。

(刘明今)

萧立之（生卒年不详） 宋末诗人。一名立等，字斯立，号冰崖，宁都（今属江西）人。淳祐十年（1250）进士，知南城县，世乱归隐。专力于诗，尝为谢枋得所知。著作有《萧冰崖诗集拾遗》。

送人之常德[1]

【题解】

常德府在今湖南，所辖桃源县西南三十里处有水溪一曲，景物邃美，相传即为陶渊明所写的桃花源。作者送友人去常德，乃作此咏写桃花源之诗以送之。诗中表露了作者对世外桃源的向往。

秋风原头桐叶飞，幽篁翠冷山鬼啼[2]。海图拆补儿女衣[3]，轻衫笑指秦人溪[4]。秦人得知晋以前，降唐臣宋谁为言[5]？忽逢桃花照

---

① 本诗选自四部丛刊续编本《萧冰崖诗集拾遗》卷上。② "幽篁"句：《楚辞·九歌·山鬼》："余处幽篁兮终不见天"化来。③ "海图"句：化用杜甫《北征》："床前两小女，补绽才过膝。海图拆波涛，旧绣移曲折。"意谓穷困没有布为小孩制衣，乃把绘有海涛的绢画剪下来缝缀。④ 轻衫：单薄的衣服。此句承上意，写友人因为生活困顿，很高兴有机会去探望一下秦人的世外桃源。⑤ "秦人"两句：据《桃花源记》载秦人"乃不知有汉，无论魏晋"。渔人乃将所知道的人世间的变化一一告诉他们。但自此以后他们又和外界隔绝了，故"降唐臣宋"之事自然是不知道的。

溪源，请君停篙莫回船。编蓬便结溪上宅[⑥]，采桃为薪食桃实。山林黄尘三百尺，不用归来说消息[⑦]。

---

⑥ 编蓬：编草为屋。⑦ 山林：指桃花源外面的世界。“山林”两句意谓你找到桃花源后就住下来，不用再回来报消息，因为武陵渔人“停数日辞去”，以后就再也找不到入山的路径了。

（刘明今）

茶陵道中[①]

【题解】

作者由辰州（今湖南沅陵）归隐，返江西宁都，道经湖南东部的茶陵，作此诗。诗中描述了沿途所见、所感，寂寞苍凉、悲惋衰飒，充满了一种末世的情绪，这也是当时社会状况及部分士人心态的写照。

山深迷落日，一径窅无涯[②]。老屋茅生菌，饥年竹有花[③]。西来

---

① 本诗选自四部丛刊续编本《萧冰崖诗集拾遗》卷中。② 窅（yǎo）：深远貌。③ 竹有花：竹子通常不开花，如土中营养不足，即开花，花开后即死，又传因竹开花结实，饥民以之为粮，故以竹开花为饥年之兆，故有“饥年竹有花”之句。

无道路，南去亦尘沙④。独立苍茫外，吾生何处家。

---

④“西来”两句：言作者由辰州至宁都，正是由西北向东南方行走，一路上荒年饥馑，人烟冷落，庄稼都死光，故所见一片尘沙，分不清道路田地。

（刘明今）

郑思肖（1239—1316） 宋末诗人。字所南，号忆翁，一号三外野人，连江（今属福建）人。少为太学生，宋亡，客吴下，寄食城南报国寺，终身不娶，坐卧未尝北向。郑思肖擅丹青，工诗文，所绘所作，充满惓惓的家国之感。著作有《心史》。

伯牙绝弦图[①]

【题解】

《吕氏春秋·本味》："伯牙鼓琴，钟子期听之。方鼓琴而志在泰山，钟子期曰：'善哉乎鼓琴，巍巍乎若泰山。'少选之间，而志在流水，钟子期又曰：'善哉乎鼓琴，汤汤乎若流水。'钟子期死，伯牙破琴绝弦，终身不复鼓琴。"郑思肖《伯牙绝弦图》并此诗即取材于此。伯牙因钟子期死，失去了知音而绝弦；作者则在宋亡之后，失去了心之所托，作兰花均不画土，根暴露在外，以为"地为番人夺去"。故"凡有求皆不作，绝交游，绝著作，绝倡和，渐绝诸绝以了残妄"（《诗集自序》），其心志更为沉痛，忧愤更为深广，故此诗也写得极其真切、悲怆，用语决绝，感人至深。

终不求人更赏音，只当仰面看山林。一双闲手无聊赖，满地斜阳是此心。

---

① 本诗选自《宋诗纪事》卷八十。

（刘明今）

林景熙(1242—1310) 宋末诗人。字德旸,号霁山,平阳(今属浙江)人。咸淳七年(1271)由太学生入仕,授泉州教授,历任礼部架阁,转从政郎。宋亡后,隐居不仕,于故乡著书授徒,名节重一时。所作诗文慷慨激烈,多故国之思,著作有《白石樵唱》、《白石稿》。

冬青花[1]

【题解】

宋端宗景炎元年(1276)临安沦陷,不久元朝廷命西僧札木杨喇勒智(又译作杨琏真伽)总统江南佛教。杨觊觎会稽宋帝诸陵中金玉宝玩,乃尽行发掘破坏,诸帝的一些断骨残骸尽被抛弃在草莽之中,无人敢去收葬。林景熙见之痛愤不已,乃与谢翱等商议,假为采药者至陵上,以草囊拾归,盛以二函,托言佛经,葬于兰亭山中,且移植绍兴行宫内冬青树为标志。《冬青花》诗即为此而作。因当时元统治者的残酷镇压,诗中不敢明言,乃隐约其词,词愈隐而愤愈深。

冬青花,花时一日肠九折[2]。隔江风雨清影空,五月深山护微

① 本诗选自中华书局1960年版《霁山集》卷三。冬青:一名女贞,一名万年枝。② 肠九折:形容悲痛之甚。

雪[3]。石根云气龙所藏，寻常蝼蚁不敢穴[4]。移来此种非人间[5]，曾识万年觞底月[6]。蜀魂飞绕百鸟臣[7]，夜半一声山竹裂[8]。

---

③“隔江”两句：前写种在临安宫中的冬青树，后写种在绍兴帝陵上的冬青树。冬青花开在五月，其色白而微黄。④ 蝼蚁：蚂蚁。⑤“移来”句：言种于兰亭山中之冬青树系自绍兴城中故宋帝宫中移来。⑥ 万年觞：泛指帝王所饮的美酒，取吉祥、万岁之意。此冬青树来自宫中，故形容它曾见过皇帝酒杯中映现的月色。⑦“蜀魂”句：蜀望帝死后，魂化杜鹃归来，百鸟仍臣服于他。此句喻宋室虽亡，然旧臣们仍忠于故主。⑧ 山竹裂：形容杜鹃啼声凄厉，几乎使山竹碎裂。

（刘明今）

谢翱(1249—1295) 宋末诗人。字皋羽,号晞发子,长溪(今福建霞浦)人。宋咸淳中试进士不第。临安陷落,文天祥举兵抗元,谢率乡兵数百人投之,署为咨议参军。后兵败亡去,隐匿民间以终。其诗学李贺、孟郊,意奇而语工,然身逢末世,颠沛流离,深受亡国之痛,故意态沉郁,诗境苍凉,又非李、孟二家所可范围。著作有《晞发集》。

西台哭所思[1]

【题解】

谢翱曾追随文天祥直接参与了抗元的军事斗争,对其人其行倾慕不已。后文天祥被捕,在大都就义,谢翱闻之,愤不能抑。是年(1283)“过姑苏,姑苏,公(指文天祥)开府旧治也,望夫差之台,而始哭公焉。又后四年(1286),而哭之于越台(指禹陵)。又后五年(1290),及今,而哭于子陵之台”(《登西台恸哭记》)。子陵之台即西台,在今浙江桐庐西富春江畔,与东台对峙,相传为东汉隐士严光垂钓之处,亦称钓台。谢翱与两三友人同祭文天祥于台上亭中,设神主,恸哭者三,又以竹如意击石,作楚歌招之。既毕,还憩于舟中,乃各为诗以寄所思。谢翱所作即是此诗。

残年哭知己[2],白日下荒台。泪落吴江水,随潮到海回。故衣犹

---

① 本诗选自四库全书本《晞发集》卷七。② 残年:文天祥于至元十九年十二月初九日被害,谢翱哭祭亦在是日。其时年岁将残,故曰残年。

染碧[③]，后土不怜才[④]。未老山中客[⑤]，惟应赋八哀[⑥]。

③ 故衣：文天祥在大都被囚三年，拒绝了元皇朝许以的高官厚禄，始终穿着在宋朝的旧衣。染碧：传说苌弘为周室大臣，遭谮被逐回蜀地。自恨忠心难明，刳肠而死。蜀人感之，以匮盛其血，三年之后化为碧玉（见《庄子·外物》）。故后人称忠义之血为碧血。④ 后土：古时称地神或土神为后土。⑤ 山中客：诗人自谓。⑥ 赋八哀：杜甫有《八哀诗》，追怀王思礼、李光弼等八人。此言自己归隐山中，只能效杜甫那样，赋诗来悼念旧友了。

（刘明今）

效孟郊体[①]

【题解】

韩愈评孟郊诗"冥观同古今，象外逐幽好"（《荐士》），这首诗正体现了这一特点。它描写诗人在月夜的感受，庭中的柏影、树上的涛声，远处海天相辉映的光华，大自然似乎有无穷的奥秘，引诱着人们去探索，并又使人产生一种空虚、孤寂、怅惘的情绪。原诗共7首，本篇为第三首。

① 本诗选自四库全书本《晞发集》卷六。

闲庭生柏影，荇藻交行路[②]。忽忽如有人，起视不见处。牵牛秋正中[③]，海白夜疑曙。野风吹空巢，波涛在孤树[④]。

② "闲庭"两句语出苏轼《记承天寺夜游》："庭中积水空明，水中藻荇交横，盖竹柏影也。"月光如水，故庭中柏影竟似浮在水中的荇（xìng）藻。③ 牵牛：牵牛星。④ 波涛：指风吹树木发出如波涛之声。

（刘明今）

赵延寿（？—948） 辽诗人。常山（今河北正定）人。本姓刘，为赵德钧养子，改姓赵。初仕后唐，累迁枢密使。后晋石敬瑭起兵，唐末帝委赵讨伐，兵败，陷于契丹。在辽，官至大丞相，后为辽永康王耶律阮所执，死于辽。赵延寿好书史，亦能诗，所作诗多慷慨雄豪之气。今仅存诗一首。

失　题[1]

【题解】

《太平广记》云："此诗描写契丹景色、习俗，为南人所称道宜也。"本诗以质朴豪迈的风格，描绘了浓郁的北国风情，是一首富有契丹民族崇尚勇武特色的诗歌。

黄沙风卷半空抛，云重阴山雪满郊。探水人回移帐就，射雕箭落著弓抄[2]。乌逢霜果饥还啄，马渡冰河渴自跑。占得高原肥草地，夜深生火折林梢。

---

① 本诗选自《全辽文》卷四。陈衍《辽诗纪事》题作《虏廷感赋》。② 抄：接获。

（刘明浩）

耶律隆绪（971—1031） 辽圣宗，契丹名文殊奴。在位49年，为辽代的全盛时期。耶律隆绪作诗乃其公余偶然之事，故多率尔成章，力仿白居易诗，不事雕饰。仅存诗二首。

传 国 玺[①]

【题解】

传国玺即秦以后封建帝王历代相传的玉玺，传为秦始皇时所制。方圆四寸，上纽交五龙，正面刻李斯所写篆文“受命于天，既寿永昌”8字。秦亡归汉。后代帝王争以得玺为符应。但自汉亡以来，往往模拟伪造，难辨真假。耶律隆绪此玺何由而得史已无考，真假亦复难辨，甚至本诗是否耶律所作，至今尚未有定论（陈述《全辽文》就怀疑非耶律作）。本诗若非赝作，当作于统和二十二年(1004)澶渊之盟以后。

一时制美宝，千载助兴王。中原既失守，此宝归北方。子孙皆慎守，世业当永昌。

---

① 本诗选自《全辽文》卷一。

（刘明浩）

耶律洪基（1032—1101） 辽道宗。字涅邻，契丹名查剌。在位45年，好汉文化，习儒学。耶律洪基诗歌受唐诗影响较深。今仅存此一首。

题李俨黄菊赋[①]

【题解】

李俨，字若思，析津（即今北京）人，仕辽后赐姓耶律。好学，能诗。道宗咸雍间登进士第，官至枢密院事。陆游《老学庵笔记》载："辽相李俨作《黄菊赋》献其主耶律洪基，洪基作诗题其后以赐之。"即指其事。本诗将好诗比作芬芳的菊花，余香不断，风吹犹在，对后人影响较大。如元人张肯就曾化其意作《蝶恋花》词，有"昨日得卿《黄菊赋》，细剪金英，题作多情句。冷落西风吹不去，袖中犹有余香度"句。

昨日得卿黄菊赋，碎剪金英填作句。袖中犹觉有余香，冷落西风吹不去。

---

① 本诗选自《全辽文》卷二。

（刘明浩）

无名氏

寄夫诗[1]

【题解】

金代辽兴以后，灭北宋，占据半个中国，与赵构的南宋王朝长期对峙，成为中国历史上又一个南北朝。这一时期的部分人民，因两个或两个以上的政权处于敌对状态之中，致使家中亲人亦异地阻隔，不能团聚。本诗作者为一契丹女子，其原配契丹族丈夫滞留南方，无法返回。于是这爽朗、大胆的契丹女子语其夫道：既然无法相会，还不如各人另缔良缘，讨南婆、嫁契丹吧。本诗用语明白质朴，音调响亮，突出了契丹女子的鲜明形象。

垂杨传语山丹，你到江南艰难。你那里讨个南婆，我这里嫁个契丹。

① 本诗选自《全辽文》卷十二。

（刘明浩）

吴激（？—1142） 金诗人。字彦高，自号东山，建州（今福建建瓯）人。奉命使金，金慕其文名，留不返遣，并令为翰林待制。金熙宗皇统二年（1142），出知深州，到官三日卒。吴工于诗词文，风格清新婉丽，与金初另一作者蔡松年之作并称“吴蔡体”。其诗内容多为故国之思，悲惋动人。

题宗之家初序潇湘图①

【题解】

金人杨伯渊，字宗之，太宗天会年间进士。杨喜收藏古今字画，《潇湘图》即为其所藏画名。潇湘为古代画家乐于选取的题材，如北宋宋迪有《潇湘八景图》，米芾有《潇湘白云图卷》。作者借题画之机，寄托了对故国的无限思念。

江南春水碧于酒，客子往来船是家。忽见画图疑是梦，而今鞍马老风沙。

---

① 本诗选自《中州集》卷一。

（刘明浩）

刘迎（？—1180） 金诗人。字无党，号无诤居士。东莱（今山东掖县）人。金世宗大定十四年（1174）进士。除豳王府记室，改太子司经。后从驾凉、陉，以疾卒。诗作多反映当时的社会矛盾，同情民生疾苦，内容比较充实。风格苍劲高古，格调不凡。

题吴彦高诗集后①

【题解】

吴彦高即吴激。此诗是对吴一生的全面概括，全诗饱含感情，只此八句便勾勒出吴之全貌，的确不易。

片云踪迹任飘然，南北东西共一天。万里山川悲故国②，十年风雪老穷边③。名高冀北无全马④，诗到西江别是禅⑤。颇疑米家书画否⑥，梦魂应逐过江船⑦。

---

① 本诗选自《中州集》卷三。② “万里”句：指吴虽使金被扣，远隔万里，仍思念宋朝。③ 穷边：边远荒僻之地。④ “名高”句：赞誉吴激诗文出众。语出韩愈《送温处士河阳军序》：“伯乐一过冀北之野，而马群遂空。”⑤ 西江：同江西，指以宋黄庭坚为首的江西诗派，喜在命意布局上翻新出奇，诗风生新瘦硬。别是禅：指江西诗以禅语入诗之风。全句赞吴激曾学江西诗，深得其妙。⑥ 米家：指北宋大书画家米芾，是吴激的岳丈。⑦ 过江船：黄庭坚《戏赠米元章（即米芾）》诗有句：“沧江静夜虹贯月，定是米家书画船。”任渊注：“（宋徽宗）崇宁间，元章为江淮发运，揭牌于行舸之上曰：‘米家书画船。’”

（刘明浩）

周昂（？—1211） 金诗人。字德卿，真定（今河北正定）人。年二十一进士及第，官至三司判官。卫绍王大安三年（1211），金将完颜承裕军被蒙古军击溃，周昂死于难。周昂诗学杜甫，沉郁朴实。其边塞诗写边疆风俗人情，风格苍劲。

西城道中①

【题解】

本诗作于章宗泰和六年（1206）。是年，金将完颜承裕任陕西都统使副使，与宋军交战，占领西城。本诗纯用白描手法，就眼前所见及所闻据实描绘，读者可于自然而然中，品赏其诗外之味。西城，州名，在今陕西安康市。

草路幽香不动尘，细蝉初向叶间闻②。溟濛小雨来无际③，云与青山淡不分。

---

① 本诗选自《中州集》卷四。② 细蝉：初生的蝉。③ 溟濛：水气模糊。

（刘明浩）

刘昂（？—约1208） 金诗人。字子昂，兴州（在今陕西）人。金世宗大定十九年（1179）进士。历任尚书省掾、平凉路转运副使，后因母丧辞职。章宗泰和初荐除国子司业，累迁左司郎中。后贬为上京留守判官，卒于道。刘诗轻盈鲜丽，自成一家。存诗有《中州集》所录十一首。

都门观别[①]

【题解】

都门指金中都（今北京）之某城门。此诗写送别，颇有特点，以铺叙为主，却时有高潮。如在写他人愁肠欲断的离情后，笔锋一转，却写自己饱历沧桑，只将“离别都归一笑”，似又在无形之中泯灭了适才的感情起伏。全诗语言通俗，疏淡质朴。

买酒消闲愁，剪刀剪流水[②]。闲愁不可消，流水无穷已。悠悠窗下断肠波，总是行人堕泪多。门外马嘶思远道，小嚬犹唱渭城歌[③]。歌声未断征鞍发，望断垂杨人影灭。斜阳照影却归来，两地相望今夜月。阅人多矣主人翁，离别都归一笑中。陌上行人终不悟，年年杨柳怨春风。

---

① 本诗选自《中州集》卷四。② “买酒”两句：语出李白《宣州谢朓楼饯别校书叔云》：“抽刀断水水更流，举杯消愁愁更愁。”③ 小嚬：歌女名。渭城歌：又作《渭城曲》、《阳关曲》。唐王维《渭城曲》：“渭城朝雨浥轻尘，客舍青青柳色新。劝君更尽一杯酒，西出阳关无故人。”后世多于送别时唱。

（刘明浩）

完颜璹（1172—1232） 金诗人。本名寿孙，字仲实，一字子瑜，自号樗轩居士。金哀宗曾封为密国公。其诗深受唐宋诗人影响，时而清新明快，时而含蓄蕴藉，甚得著名诗人赵秉文、杨云翼、元好问等人赞许。

思　归[1]

【题解】

本诗写春日思归，当为完颜璹后期创作，即金室南迁之后。与宇文虚中等汉人思念南方不同，完颜璹思念的是北方女真族的居留地。

四时唯觉漏声长[2]，几度吟残蜡烬缸。惊梦故人风动竹，催春羯鼓雨敲窗[3]。新诗淡似鹅黄酒[4]，归思浓如鸭绿江[5]。遥想翠云亭下水[6]，满陂青草鹭鸶双。

---

① 本诗选自《中州集》卷五。② 四时：指一日中的朝、昼、夕、夜。③ 羯鼓：一种打击乐器，形如漆桶，以二杖敲击。催春羯鼓：王仁裕《开元天宝遗事》："明皇二月旦游上苑，呼高力士取羯鼓临轩纵击，奏一曲名《春光好》，回顾柳杏皆已发坼。"④ 鹅黄酒：杜甫《舟前小鹅儿》："鹅儿黄似酒，对酒爱新鹅。"后因以鹅黄名酒。《方舆胜览》："鹅黄乃汉州酒名。"殆其色淡黄如幼鹅。⑤ 鸭绿江：即今中、朝界河鸭绿江，其流域为女真族的发源地。⑥ 翠云亭：金中都玉泉山（今北京颐和园西）下芙蓉殿行宫中的一亭。

（刘明浩）

赵秉文（1159—1232） 金诗人。字周臣，号闲闲老人，磁州滏阳（今河北磁县）人。金世宗大定廿五年进士，任应奉翰林文字。宣宗兴定元年拜礼部尚书。哀宗即位，改翰林学士。赵诗学陶，多写自然景物，清新简淡。著作有《闲闲老人滏水文集》。

庐州城下①

【题解】

金于章宗泰和六年起兵伐宋，“自清河入淮，宋守将郭超失利，遂进围楚州，偏师趋枣阳军，又围庐州”。此诗就是专写金宋庐州之战的。全诗生动逼真，语言挺拔苍劲，置诸唐之高适、岑参诸人集中，恐不易分辨。

月晕晓围城，风高夜斫营②。角声寒水动，弓势断鸿惊。利镞穿吴甲，长戈断楚缨③。回首经战处，惨淡暮云生。

---

① 本诗选自《闲闲老人滏水文集》卷六。庐州：治所在今安徽合肥。② 斫营：偷袭敌营。③ 楚缨：楚地套马的革带。“楚缨”与上句之“吴甲”，均代指南宋军队。

（刘明浩）

游　华　山[①]

【题解】

本诗写作年代已无考。华山，即西岳华山，在今陕西华阴县境。山高而险，攀援不易。本诗未写高、险，只是从华山景美着笔。人言山之佳处在顶峰，但赵却道“未到上方先满意”，纵未至山巅，即已美不胜收。本诗题下原有4首，此为其一。

石头荦确水纵横[②]，过雨山间草屩轻。未到上方先满意，倚天青壁看云生。

---

① 本诗选自《闲闲老人滏水文集》卷八。② 荦（luò）确：险峻不平貌。韩愈《山石》：“山石荦确行径微。”

（刘明浩）

李俊民(1176—1260) 金诗人。字用章,号鹤鸣道人。泽州晋城(今属山西)人。金章宗承安五年以经义举进士第一,曾官应奉翰林文字。后弃官不仕,教授乡里。元世祖曾以安车召见,仍乞还山。诗清新奇崛,多有可读之处。著作有《庄靖集》十卷。

乱后寄兄[1]

【题解】

金衰蒙兴,世多战乱。本诗写一次乱后景况,以蜗角之争比喻金蒙之间的战争,说明作者认为此类战争对于或金或蒙都无是非可言,是不义之战。全诗用典虽多而贴切自如,有言简意深的效果。诗题下原有2首,此选录第一首。

万井中原半犬羊[2],纵横大剑与长枪。昼烽夜火岂虚日,左触右蛮皆战场[3]。丁鹤未归辽已冢,杜鹃犹在蜀堪王[4]。此生不识连昌乐[5],目送孤鸿空断肠。

---

① 本诗选自《庄靖集》卷二。② 井:周以九百亩为一井。犬羊:作者站在金的立场,指蒙古的入侵者。此句意谓中原辽阔大地已有一半为蒙古侵占。③ 左触右蛮:语出《庄子·则阳》:"有国于蜗之左角者,曰触氏;有国于蜗之右角者,曰蛮氏。时相与争地而战,伏尸数万。"比喻金蒙因细小之事引起斗争。④ "丁鹤"两句:前句用汉辽东人丁令威学道成仙,化鹤归辽故事(详《搜神后记》);后句用蜀主杜宇死后化为杜鹃的故事(详《太平寰宇记》)。此两句意指蒙古还占据北方,有家难归,金国只能偏安南方一隅。⑤ 连昌:唐宫殿名,在今河南宜阳县西。唐元稹有《连昌宫词》,述唐明皇、杨贵妃离合悲欢之事。

(刘明浩)

王郁（1204—1233或1236） 金诗人。一名青雄，字飞伯，大兴（今属北京）人。尝举进士不第。从金代后期诗人李汾、元好问游。汴京被蒙古军围攻，死于乱军中。王郁为文法柳宗元，宏肆奇古；诗歌俊逸，力效李白。今存诗12首。

春　日　行[1]

【题解】

全诗写寒食节郊游及对死去亲人的思念。诗的前七句，极写春游时花红柳绿，饮宴吹弹；末二句笔锋一转，则为荒坟夕鸦、草荒月黑等凄惨景物及夜鬼思家之类令人心悸的场景。似此相距极远的两幅画面，在诗中却能较好地融为一体，的确不易。

春日飞，春野寂，红朋碧友元胎湿[2]。东风着意寒食时，游丝粘人困无力[3]。小铃犊车宴堤沙[4]，风箫惊落琼英花[5]。荒坟颓颓啼夕鸦，草荒月黑鬼思家。

---

① 本诗选自《中州集》卷七。② 红朋碧友：红花绿叶，泛指花木。元胎湿：指春日大地变得湿润。元：开始。胎：根源。③ 游丝：昆虫所吐的丝，在空中飘游。④ 小铃犊车：牛脖子上挂着小铃的牛车。⑤ 琼英花：似玉的花朵。

（刘明浩）

赵元（生卒年不详） 金诗人。一名宜禄，字宜之，号愚轩居士。定襄（今属山西）人。经童出身，举进士不第。曾任巩西主簿，未几失明，乃辞归故里。赵诗风格古淡，多反映民生疾苦。今存诗34首。

邻 妇 哭[①]

【题解】

本诗用民歌复叠的句式，借邻妇之口，控诉了战乱给人民带来的深重灾难，有较强的现实意义。

邻妇哭，哭声苦，一家十口今存五！我亲问之亡者谁？儿郎被杀夫遭虏。

邻妇哭，哭声哀，儿郎未埋夫未回。烧残破屋不暇葺[②]，田畴失锄多草莱。

邻妇哭，哭不停，应当门户无余丁[③]。追胥夜至星火急[④]，并州运米云中行[⑤]。

---

① 本诗选自《中州集》卷五。② 葺（qì）：修理。③ 应当门户：支撑门户。丁：指男子。④ 追胥：追讨赋税的胥吏。⑤ 并州、云中：均在今山西省。

（刘明浩）

辛愿（？—1231） 金诗人。字敬之，号女几野人、溪南诗老，福昌（今河南宜阳）人。未尝应科考。曾为名人高庭玉座上客，高后下狱死，辛亦受株连。辛诗以唐人为法，诗律精严，而有自得之趣。今存诗20首。

乱　　后[①]

【题解】

金宣宗贞祐二年（1214年）南渡以后，蒙古人不时侵扰，完颜金小朝廷几无宁日。本诗题之“乱”，究指哪一年蒙古兵的入侵，已无考。本诗写“乱”，只在第七句有一“乱”字，其余只写荒草、墟落、困鼠、饥乌、废田等物事，却将“乱”之景烘托无遗，“乱”之感表达殆尽。末句写县吏在此乱后，犹欲催租，可见剥削之严重与人民生活之困苦。

兵去人归日，花开雪霁天。川原荒宿草，墟落动新烟。困鼠鸣虚壁，饥乌啄废田。似闻人语乱，县吏已催钱。

---

① 本诗选自《中州集》卷十。

（刘明浩）

元好问（1190—1257） 金诗人。字裕之，号遗山，太原秀容（今山西忻州）人。祖籍鲜卑拓跋氏，入中原后改姓元。金宣宗兴定五年举进士，曾任国史院编修官、尚书省左司员外郎等职。金哀宗天兴三年金亡，元好问被蒙古兵俘获，囚于聊城。后回故乡隐居。其诗多伤感时事之作，反映了金末尖锐的阶级矛盾和民族矛盾。在艺术上，追步李白的浪漫洒脱、杜甫的沉郁苍劲、苏轼的雄放恣肆，而形成了自己遒劲雄迈而时兼奇谲谐趣的艺术风格。著作有《元好问全集》。

颍亭留别①

【题解】

原诗题下注："同李治仁卿、张肃子敬、王元亭子正，分韵得'画'字。"颍亭是今河南颍水之滨的一座亭，确切地点已无考，金人诗中常提此亭。全诗写与人话别，高峻古朴，曲折幽深，笔力不凡。尤其是"寒波"一联，悠然意远，深得陶（潜）、王（维）、韦（应物）、柳（宗元）之遗意。王国维《人间词话》曾以此联为例，论"无我之境"，足见后人评价之高。

故人重分携②，临流驻归驾③。乾坤展清眺，万景若相借。北风

① 本诗选自《元好问全集》卷一。② 分携：分手，分别。③ 归驾：归去的车马。

三日雪，太素秉元化[④]。九山郁峥嵘，了不受陵跨[⑤]。寒波淡淡起，白鸟悠悠下。怀归人自急，物态本闲暇。壶觞负吟啸[⑥]，尘土足悲咤[⑦]。回首亭中人[⑧]，平林淡如画。

---

④ 太素：形成天地万物的原始素质，此指大自然。元化：大自然的发展变化。⑤ 陵跨：此指风雪扰害。⑥ 壶觞：饮酒器皿。吟啸：吟诗和唱歌。⑦ 悲咤：悲凉感慨。⑧ 亭中人：指送别之友人李治、张肃、王元亭等。

（刘明浩）

雁门道中书所见[①]

【题解】

雁门，山名，在今晋北，上有雁门关，自古为兵家必争之地。本诗作于蒙古太宗十三年（1241年）作者途经雁门关时。元好问效法杜、白"唯歌生民病"的现实主义写作手法，同情受苦受难的下层劳动人民，谴责残害人民的统治者及其爪牙，用朴实、沉痛的语言，唱出一支忧时伤世的悲歌。

金城留旬浃[②]，兀兀醉歌舞[③]。出门览民风，惨惨愁肺腑。去年

---

① 本诗选自《元好问全集》卷二。② 金城：即今山西应县。浃（jiá）：古代以干支纪日，自甲至癸一周十日为"浃日"。③ 兀兀：昏沉状。

夏秋旱，七月黍穗吐。一昔营幕来，天明但平土[④]。调度急星火，逋负迫捶楚[⑤]。网罗方高悬，乐国果何所[⑥]？食禾有百螣，择肉非一虎[⑦]。呼天天不闻，感讽复何补？单衣者谁子？贩籴就南府[⑧]。倾身营一饱，岂乐远服贾[⑨]？盘盘雁门道[⑩]，雪涧深以阻。半岭逢驱车，人牛一何苦！

④“一昔”两句：意为一晚军队宿营以后，至天明已将农田践踏成一片白地。⑤ 逋(bū)负：拖欠租税。捶楚：拷打凌辱。⑥ 乐国：安乐(无剥削现象)的所在，语出《诗经·硕鼠》。⑦ 百螣(téng)：各种食禾叶的害虫。择肉：择人而食。这两句以害虫、恶虎比喻残害人民的剥削者和统治者。⑧ 贩籴：贩卖米粮。南府：元沿宋制，称开封府为南府。⑨ 服贾：经商。⑩ 盘盘：盘旋曲折。

(刘明浩)

涌金亭示同游诸君[①]

【题解】

涌金亭在今河南辉县西北石门山(亦称苏门山)上，上有苏轼书“苏门山涌金亭”六字，取“泉从地涌出，日照如金”之意。据清人翁方纲《遗山先生年谱》，本诗作于戊子(1228)年元好问居河南内乡时。此诗写太行山和涌金亭的景色，诗末流露出对动荡时局的忧虑，对保卫祖国的英雄豪杰的期望。结构谨严，气势雄伟。

① 本诗选自《元好问全集》卷五。

太行元气老不死[②]，上与左界分山河[③]。有如巨鳌昂头西入海，突兀已过余陂陀[④]。我从汾晋来[⑤]，山之面目腹背皆经过。济源盘谷非不佳[⑥]，烟景独觉苏门多。涌金亭下百泉水[⑦]，海眼万古留山阿[⑧]。觱沸泺水源[⑨]，奫沦晋溪波[⑩]。云雷涵鬼物，窟宅深蛟鼍。水妃簸弄明月玑[⑪]，地藏发泄天不诃[⑫]。平湖油油碧于酒[⑬]，云锦十里翻风荷。我来适与风雨会，世界三日漫兜罗[⑭]。山行不得山，北望空长哦。今朝一扫众峰出，千鬟万髻高峨峨[⑮]。空青断石壁，微茫散烟螺。山阳十月未摇落[⑯]，翠蕤云旓相荡摩[⑰]。云烟故为出浓淡，鱼鸟似欲留婆娑[⑱]。石间仙人迹，石烂迹不磨，仙人去不返，六龙忽蹉跎[⑲]。江山如此不一醉，拊掌笑煞孙公和[⑳]。长安城头乌尾讹[㉑]，并州少年夜枕

② 太行：太行山，在晋冀豫交界处，山势高峻。元气：天地未分前混一之气。③ 左界：指天界。《白虎通》："天左旋，地右周。"因此天界又叫左界。④ 陂陀：不平坦状。⑤ 汾晋：汾、晋二水。此泛指晋中地区。⑥ 济源：即今河南省济源县。盘谷：地名，在太行山南，济源市城北二十里。⑦ 百泉水：今涌金亭所在石门山上泉水名，亦作百门泉。⑧ 海眼：泉眼。古人以为井泉之水，潜流地下，终归大海，故称海眼。⑨ 觱(bì)沸：水涌出貌。泺(luò)水：水名，源出今山东济南市西南。⑩ 奫(yūn)沦：波浪回转貌。晋溪：在今山西太原市，为发源于晋祠的溪水。⑪ 水妃：水中女神。明月玑：夜明珠。⑫ 地藏：地下的宝藏。诃：怒责。⑬ 平湖：涌金亭前有泉水汇成之湖。油油：平滑状⑭ 兜罗：即兜罗绵，语出《楞严经》注："兜罗树上出绵。"后以兜罗比喻白云或白雪。此指云雾缭绕。⑮ 千鬟万髻：形容群山之外貌如鬟如髻。峨峨：高貌。⑯ 山阳：山的南面。⑰ 蕤：草木茂盛状。翠蕤，纷披的绿色枝叶。旓(shāo)：旌旗下边悬垂的饰物。云旓，此指云雾。⑱ 婆娑：盘旋舞蹈状。此指游人盘桓山中，乐而忘返。⑲ 六龙：神话中羲和以六龙驾日车而行。此以六龙代指时间。⑳ 拊(fǔ)掌：拍掌。孙公和：三国时魏人孙登，字公和，曾隐居苏门山。㉑ 乌尾讹：语出后汉桓帝初童谣。杜甫《日暮》诗："日落风亦起，城头乌尾讹。"以喻天下不太平。

戈[22]。举杯为问谢安石,苍生今亦如卿何[23]?元子乐矣君其歌[24]。

㉒ 并州少年:指中原豪杰。夜枕戈:喻战事方酣。㉓ 谢安石:东晋谢安,字安石,隐于东山不仕。时人道:"安石不肯出,将如苍生何?"后谢安出仕为宰相。有人说:"今亦苍生将如卿何?"见《世说新语·排调》。此言当道高官,毫无作为。㉔ 元子:作者自称。此句化用唐人元结语:"元子乐矣,我鼻我目,我口我耳,歌已矣夫!"

(刘明浩)

岐　阳[1]

【题解】

岐阳,又称岐州、凤阳,在今陕西省凤翔县,以隋曾在此建岐阳宫而得名。此即指金朝的凤翔。金哀宗正大八年(1231)正月,蒙古兵围凤翔,四月,城破。时作者任南阳县令,闻之无限感伤,作《岐阳》三首,此为其二。此诗写城破以后惨绝人寰的灾难,极为逼真。诗风悲壮深沉,中二联以流水呜咽衬托难民哭声,以草萦战骨、残照空城烘托大屠杀后的悲惨气氛,尤为感人。

---

① 本诗选自《元好问全集》卷八。

百二关河草不横[②]，十年戎马暗秦京[③]。岐阳西望无来信[④]，陇水东流闻哭声[⑤]。野蔓有情萦战骨，残阳何意照空城。从谁细向苍苍问[⑥]，争遣蚩尤作五兵[⑦]？

---

② 百二关河：原指秦国据潼关与黄河之险，两万军队可抵挡诸侯两百万人，语出《史记·高祖本纪》。此指金之凤翔兵精粮足，城防坚固。草不横：军行草中使之横倒，“不横”即无军事活动，此指金朝守备松弛。③ 十年戎马：自金宣宗兴定五年（1221）蒙古人进攻陕北，至正大八年（1231）攻下凤翔，十年之中战火不断。秦京：秦之都城是咸阳。此指咸阳附近，包括凤翔在内。此句用杜甫《愁》：“十年戎马暗万国。”④ “岐阳”句：语出杜甫《喜达行在所》：“西忆岐阳信，无人遂却回。”⑤ 闻哭声：用乐府《陇头歌辞》：“陇头流水，鸣声呜咽，遥望秦川，心肝断绝。”据《续资治通鉴》载：宋理宗绍定四年（1231）四月，“蒙古取金凤翔，（金将）完颜哈达、伊喇布哈迁京兆民于河南。”此指东迁难民的哭声。⑥ 苍苍：即苍天。⑦ 争遣：怎么让。蚩尤：古神话中部族首领，为黄帝所杀，后被奉为战神。此指蒙古兵。五兵：指矛、戟、钺、楯弓矢等兵器，语出《荀子·儒效》。此指战争。

（刘明浩）

秋　　夜[①]

【题解】

金末帝天兴二年（1233），汴京守将崔立降蒙古军，令文人王若虚、元好问撰碑文

---

① 本诗选自《元好问全集》卷八。

颂其"功德"。以后太学生刘祁写成草稿，王、元等共同删定。元好问对此颇感痛悔。本诗亦道此事，语极沉痛。本诗作于被拘囚的所在地聊城。

九死余生气息存，萧条门巷似荒村。春雷谩说惊坯户，皎日何曾入覆盆[②]。济水有情添别泪[③]，吴云无梦寄归魂[④]。百年世事兼身事，尊酒何人与细论。

---

② 坯户：用泥土封闭的洞穴，此指在洞穴中蛰伏过冬的虫。覆盆：《抱朴子·辨问》："是责三光不照覆盆之内也。"因以喻沉冤莫白。这两句意谓不要说我对治国安民能有所作为了，就连蒙受为崔立撰碑的沉冤，也没有昭雪的可能。③ 济水：源出河南济源，东流至山东，与黄河并行入海，现下游已为黄河所夺。④ 吴：本指长江下游地区，这里泛指南方。元好问家人未随至聊城，尚在南方。此句语本杜甫《东屯月夜》诗："天寒不成寝，无梦寄归魂。"

（刘明浩）

论诗绝句[①]

【题解】

《论诗绝句》凡三十首，本篇原列十二。元氏论诗，主张天然真淳，反对堆砌雕琢；

---

① 本诗选自《元好问全集》卷十一。

提倡豪放刚健，反对纤弱柔靡；重视独创精神，宣扬恢复建安以来的优良传统。这些都对后世有较大影响。此组诗作于金宣宗兴定元年(1217)。本诗专评李商隐诗，指出李诗寓意深微，婉曲典丽，致使解说者众说纷纭。“诗家总爱西昆好，独恨无人作郑笺”是在肯定前提下的一种惋惜。

望帝春心托杜鹃②，佳人锦瑟怨华年③。诗家总爱西昆好④，独恨无人作郑笺⑤。

---

②“望帝”句：原为李《锦瑟》诗颔联下句，意为古蜀国望帝死后，魂魄化为杜鹃，以寄托自己的“春心”。③“佳人”句：是缀集《锦瑟》诗中的词句，意为美人弹奏着锦瑟，像是抒发自己对年华身世的悲叹。④ 西昆：宋初杨亿、刘筠等写诗效法李商隐，称“西昆体”。元好问此诗用“西昆”代表李商隐诗。⑤ 郑笺：指东汉郑玄为《毛诗》、《周易》、《仪礼》等儒家经典写的笺注。全句是说李诗寄兴隐微，词意难懂，却没有人像郑玄笺注经籍一样来注释它。

(刘明浩)

耶律楚材（1190—1244） 元初政治家。字晋卿，号湛然居士、玉泉老人，辽东丹王突欲（即耶律倍）八世孙。曾仕金。成吉思汗定燕，召用，扈从西征。太宗三年任中书令。蒙古之立国规模、制度，耶律均参与审定。耶律在随征异域过程中，饱览塞外山川景物、风土人情，因而诗文内容丰富，雄奇苍凉，自然天成。著作有《湛然居士集》。

早　　行[①]

【题解】

此诗写清晨早行情景，突出"早"、"寒"二字。夜虽"已央"，日尚未出，为一早；雁群不惊，桥霜初破，为二早；睡意尚在，需饮酒吟诗提神，为三早；"迟迟四十里"后方见日出，为四早。至于"寒"字，寒塘、桥霜、凉日，无一不"寒"。有此"早"与"寒"，便成一种清峻、凄凉的意境。

马驼残梦过寒塘，低转银河夜已央[②]。雁迹印开沙岸月，马蹄踏破板桥霜。汤寒卯酒两三盏[③]，引睡新诗四五章[④]。古道迟迟四十里，千山清晓日苍凉。

---

① 本诗选自《湛然居士集》卷六。② 央：尽。③ 汤寒：祛寒。汤：通"荡"，涤除之意。卯酒：卯时（清晨）所饮的酒。④ 引睡：引开睡意。

（刘明浩）

郝经（1223—1275） 元初诗人。字伯常，泽州陵川（今山西长治）人。元宪宗时，入世祖王府，为陈经国安民之道。及世祖即位（1260），为翰林侍读学士。充国信使至宋，被拘押于真州16年。后归即卒，谥文忠。郝诗有元遗山遗风，风格多变，然以豪迈恣肆为主。被囚真州前偏于奇崛明丽，入真州后转为苍凉悲沉。著作有《续后汉书》、《陵川集》等。

落　　花[①]

【题解】

本诗作于入真州前，确切年月已无考。全诗词采绚丽，对仗稳贴。

彩云红雨暗长门[②]，翡翠枝余萼绿痕。桃李东风蝴蝶梦，关山明月杜鹃魂[③]。玉阑烟冷空千树，金谷香销谩一尊[④]。狼籍满庭君莫扫，且留春色到黄昏。

---

① 本诗选自《陵川集》卷十三。② 红雨：指落花如雨下。语本李贺《将进酒》："桃花乱落如红雨。"长门：汉宫名。陈皇后失宠于汉武帝，居此宫。后即以长门指女子失欢。③"桃李"两句：化用唐崔涂《春夕旅怀》诗："蝴蝶梦中家万里，杜鹃枝上月三更。"蝴蝶梦：取庄周梦蝶事。杜鹃魂：取蜀主望帝化为杜鹃事。④ 金谷香销：晋石崇有金谷园，乃为爱妾绿珠筑。孙秀谋夺绿珠，绿珠坠楼而死。此以绿珠比拟落花，化用杜牧《金谷园》诗："日暮东风怨啼鸟，落花犹是坠楼人。"

（刘明浩）

馆中书怀①

【题解】

郝经在被拘真州16年中,常以诗咏叹世事,解除愁闷,打发难熬的囚徒光阴。本诗即为其中的一首。诗作于被囚多年以后,约在世祖至元七年(1270)左右。从诗歌内容看,郝对被释并不抱幻想,但对囚徒境遇又甚感痛苦,想摆脱又摆脱不了,心情十分抑郁。本诗律对精严,用典贴切,受元好问影响的痕迹比较明显。

星麾留滞楚江边②,叶落樽空又一年。兀坐政如游黑海③,举头时复见青天。拘同羑里难重易④,拙甚扬雄愧草玄⑤。闻说长歌犹恸哭,慰愁赖得有诗篇⑥。

---

① 本诗选自《陵川集》卷十三。② 星麾:古人以天节八星主使臣持节出巡,后因指皇帝的使臣为星使。星麾,此代指使节。楚江:即长江。真州在长江边。③ 兀坐:独自端坐。政:通"正"。④ 羑(yǒu)里:古地名,商纣囚周文王于此。今河南汤阴有牖城,即羑里。重易:相传伏羲氏作易八卦,周文王被囚时推演为六十四卦,是为重易。⑤ 扬雄:西汉著名文学家,字子云。草玄:草写《太玄经》。扬雄曾仿《易经》著《太玄经》十卷。⑥"闻说"两句:意为欲长歌解闷,歌未及半已泪下如雨,反添伤感,无奈何只得赋诗以抒愤。

(刘明浩)

方回（1227—1307） 元诗人。字万里，号虚谷，徽州歙县（今属安徽）人。宋理宗景定三年进士，知严州。元兵至，举城迎降，为建德路总管。方回诗作颇丰，诗风雅洁，得江西诗派格高意新之长，亦得生硬涩滞之短。著作有《桐江集》、《桐江续集》。

苦　雨　行①

【题解】

本诗作于至元二十四年（1287），写久雨不晴，米价腾贵，官府却大发横财，享乐腐化。全诗用对比手法，揭示了元代初建国时尖锐的阶级矛盾，有深刻的现实意义。

泥污后土逾月余②，四月雨至五月初。七日七夜复不止，钱王旧城市无米③。城中之民不饥死，亦恐城外盗贼起。东邻高楼吹玉笙，前呵大马方横行。委巷比门绝朝饭④，酒垆日征七百万。

---

① 本诗选自《桐江续集》卷十三。② 后土：大地。③ 钱王旧城：即杭州。吴越王钱缪及其后代以杭州为都城，统治两浙近百年。④ 委巷：僻陋小巷，此泛指民间。比门：每家。比：相连之意。

（刘明浩）

王恽（1227—1304） 元诗人。字仲谋，号秋涧，汲县（今属河南）人。元世祖中统元年，被辟为详议官，后官至翰林学士通议大夫。大德五年退职归田。卒谥文定。其诗多雅正平和之音。著作有《秋涧集》、《秋涧乐府》。

蒲中十咏为岩卿师君赋·首阳晴雪①

【题解】

本诗总诗题《蒲中十咏为岩卿师君赋》下有10首，本诗为其四。蒲中，指蒲州府，治今山西永济市。首阳山，在今蒲州，又名雷首山、首山。相传商末孤竹君之二子伯夷、叔齐不食周粟，入首阳山采薇充饥，不久饿死。后人立祠纪念。本诗写首阳祠四围景色，苍凉孤寂，笔力不凡。

前冬两拜首阳祠，野雪摇光晚霁时。苍柏满山人欲去，乱鸦翻影上枯枝。

---

① 本诗选自《秋涧集》卷二十六。

（刘明浩）

南宫老仙云山图[①]

【题解】

作者在诗题下注:“米襄阳笔,应奉李受益藏。”宋画家米芾,襄阳人,号南宫老仙。本诗盛赞米南宫的高洁怀抱和挥洒无羁的艺术风格,写得豪迈清雅。

南宫玉堂春昼晴,琐窗雾垂幽思清。先生胸次几丘壑,淡墨落纸诗无声[②]。白云灭没春山碧,万木淋漓元气湿。风烟自昔鹿门深[③],似爱庞公不浪出[④]。襄阳云卧思怡悦[⑤],不为浓纤更巧拙[⑥]。虚堂生白定何如[⑦]?玉气柱空虹贯月[⑧]。

---

① 本诗选自《秋涧集》卷八。② 诗无声:无声诗,指画。③ 鹿门:湖北襄阳有鹿门山,米芾曾居于此,自号鹿门居士。④ 庞公:汉末庞德公曾隐于鹿门山,刘表数次延聘,终未出。⑤“襄阳”句:唐孟浩然《秋登兰山寄张五》诗:“北山白云里,隐者自怡悦。”此用孟诗意,写米芾沉浸在大自然的快乐之中。⑥ 浓纤:指一般作画的法度。曹植《洛神赋》:“浓纤得中,修短合度。”此句意谓不从绳墨法度,而自创写意新格,此即为米氏山水画的风格。⑦ 虚堂生白:即“虚室生白”,语出《庄子·人间世》,意谓内心虚静,便能领悟事理。室,心。白,道。⑧“玉气”句:《搜神记》载:“孔子修《春秋》,制《孝经》,既成,玉虹自天而下,化为黄玉。”此用以赞美米芾画的奇妙。

(刘明浩)

戴表元（1244—1310） 元诗人。字帅初，一字曾伯，庆元奉化（今属浙江）人。宋度宗咸淳年间进士。教授建宁府，后迁临安教授，未就。元初，隐遁故里。成宗大德八年任信州教授，调婺州，未赴。又以修撰博士荐，终未出。戴诗崇尚平淡自然。著作有《剡源集》。

感旧歌者①

【题解】

此诗题一作《湖上赠歌者》。本诗以听旧歌者歌而怀念旧朝，用典贴切，有弦外之音。

牡丹红紫艳春天，檀板朱丝锦色笺②。头白江南一尊酒，无人知是李龟年③。

---

① 本诗选自《剡源集》卷三十。② 檀板：檀木质地的拍板，歌唱时用。朱丝：系檀板的红线。锦色笺：指歌谱。③ 李龟年：唐明皇时著名宫廷乐师，安史乱后流落江南。此以李龟年比落魄的南宋旧歌者。

（刘明浩）

尹廷高（生卒年不详） 元诗人。字仲明，号六峰，遂昌（今属浙江）人。元成宗大德间任处州路儒学教授，又尝掌教永嘉，秩满至京，谢病归。尹诗多写流荡江湖的生活，诗风平淡自然，较少雕琢。著作有《玉井樵唱》。

长芦舟中夜坐①

【题解】

本诗写舟中独坐，长夜难眠，乡思难抑。全诗只掇拾眼前景物而写，却能表达较为复杂的思乡之情。长芦，在河北沧州市西北。

故国五千里，孤帆四十程。客怀偏浩荡，乡梦不分明。万折河流曲，三更斗柄横②。不眠方宴坐③，野寺又钟声。

---

① 本诗选自《玉井樵唱》卷中。② 斗柄：北斗星如有柄斗状，其中三颗星为斗柄。③ 宴坐：闲坐。

（刘明浩）

仇远（1247—1326） 元诗人。字仁近，一字仁父；号山村民，又号近村，钱塘（今浙江杭州）人。元世祖至元中尝为溧阳儒学教授，官至杭州知事。仇工画能词。诗风平淡自然，崇尚陶、王、韦、柳，偶有感时伤世之作，亦甚可读。著作有《金渊集》、《山村遗集》。

湖上值雨[1]

【题解】

本诗写西湖春雨风光，由此回忆起南宋时繁华景象，流露出淡淡的故国之思。其特点是平淡含蓄，耐人回味。

波痕新绿草新青，有约寻芳苦不晴。莎径泥深双燕湿[2]，柳桥烟淡一莺鸣。山围故苑春常锁，泉落低畦暖未耕。十载旧踪时入梦[3]，画船多处看倾城[4]。

---

① 本诗选自《山村遗集》。② 莎：一种草本植物，又称香附子。此泛指草。③ 十载旧踪：指作者在宋时游览西湖之往事。④ 倾城：指美人，语出《汉书·外戚传》所录李延年诗。

（刘明浩）

刘因（1249—1293） 元诗人。初名骃，字梦骥；后改今名，字梦吉，号静修，保定容城（今属河北）人。元世祖至元十九年，征授承德郎、右赞善大夫，旋以母疾辞归。二十八年召为集贤学士、嘉议大夫，固辞不就。其诗作多真挚沉痛的故国之思，诗风或豪迈不羁，或沉郁苍凉，或有清新自然之味。著作有《静修集》。

白 雁 行①

【题解】

《续墨客挥犀》载："北方有白雁，似雁而小，色白，秋深则来。"杜甫有诗云："故国霜前白雁来。"刘因原居金地，却也向往中国传统文明，留恋赵宋文化。因恋文化而对于宋亡于元，常存哀戚之念及不平之心。本诗以白雁起兴，引出怀念赵宋之思，末二句似有希冀赵宋复辟之意。全诗一气呵成，潇洒流畅，气势不弱。《西湖游览志馀》云，宋未灭时，临安有谣云"江南若破，白雁来过"。后伯颜领兵灭宋。刘因此诗，"盖寓言也"。

北风初起易水寒②，北风再起吹江干③。北风三起白雁来，寒气

---

① 本诗选自《静修集》卷十四。② 北风：此喻蒙古军南下。③ 江干：江岸。

直薄朱崖山[4]。乾坤噫气三百年[5],一风扫地无留钱[6]。万里江湖想潇洒,伫看春水雁来还。

---

④ 朱崖山:朱崖,又称“珠崖”,郡名,汉武帝时置,即今海南省北部。此以指今广东省南部沿海一带。公元1279年南宋末帝赵昺,在厓山(亦在今广东南部沿海)投海,宋亡。故此“朱崖山”实暗指厓山。此两句意谓蒙古军犹如凛冽北风,其威势摧垮了赵家皇朝。⑤ 噫(yì)气:气壅塞而忽通。《庄子》:“大块噫气,其名为风。”此句极言风之大,如同天地三百年壅塞之气一时喷涌而出。⑥ 留钱:《南史·朱百年传》载:百年隐居山林,采药置之道旁,随人取药留钱,不计价值,久之方知是朱隐士。后以“留钱”指隐居或隐士。此处指宋遗民。

(刘明浩)

观梅有感[1]

【题解】

本诗借观梅寄托对故宋的思念。末句更撇开“观梅”,将对宋之怀念心情推向最高点。

---

① 本诗选自《静修集》卷五。

东风吹落战尘沙，梦想西湖处士家[②]。只恐江南春意减[③]，此心元不为梅花。

---

② 西湖处士：宋人林逋隐居西湖孤山，养鹤植梅，终身不仕不娶，其咏梅诗传诵于世。
③ 春意减：暗指民生凋敝。

（刘明浩）

黄庚（1260—1328） 元诗人。字星甫，天台（今属浙江）人。元初未复科举，黄浪迹江湖，与遗民故老交往。越中诗社征诗，黄为第一，为时所重。诗作多写隐逸之趣，诗风清淡自然。著作有《月屋漫稿》。

江村即事①

【题解】

本诗突出江村荒凉的一面，荒凉与寂寞相连，构成淡远的境界。

极目江天一望赊②，寒烟漠漠日西斜。十分秋色无人管，半属芦花半蓼花③。

---

① 本诗选自《月屋漫稿》卷一。② 赊：远。③ 蓼花：草本植物，生水边，花淡红或白色，在秋天开放。

（刘明浩）

于石(1250—?) 元诗人。字介翁,号紫岩,晚号两溪,兰溪(今属浙江)人。年三十而宋亡,隐居授徒,一意于诗。诗有晚唐典丽秾缛的特点,部分诗作表现了当时的民生疾苦。著作有《紫岩诗选》。

半山亭[1]

于石

【题解】

半山亭在今浙江遂昌县妙嵩山半山腰,元成宗大德年间所建。本诗描绘山中景色,如一幅轻描淡抹的水墨画。远景有半山落日,峭壁翠微;近景有清泉白石,寒松小径,而樵夫、僧人、幽鸟点缀其中,构图得当,色彩淡雅。

万叠岚光冷滴衣[2],清泉白石锁烟扉。半山落日樵相语,一径寒松僧独归。叶堕误惊幽鸟去,林空不碍断云飞。层崖峭壁疑无路,忽有钟声出翠微[3]。

---

① 本诗选自《紫岩诗选》卷二。② 岚:山上的云雾。③ 翠微:轻淡青翠的山色。

(刘明浩)

陈孚（1240—1303） 元诗人。字刚中，号笏斋，台州临海（今属浙江）人。曾出使安南，官至翰林待制、台州路总管府治中。诗文不事雕琢，而笔力雄健，寄托遥深。著作有《陈刚中诗集》。

居庸叠翠[1]

【题解】

居庸即长城居庸关，在今河北省昌平县西北，两山夹峙，巨涧中流，南北长四十里，自古号称天险。本诗写居庸雄伟气势，笔调苍凉刚劲。末两句在作结之中，略带意趣，令人回味。

断崖万仞如削铁，鸟飞不度苔石裂。嵯岈枯木无碧柯[2]，六月太阴飘急雪[3]。寒沙茫茫出关道，骆驼夜吼黄云老[4]。征鸿一声起长空，风吹草低山月小。

---

① 本诗选自《陈刚中诗集》卷一。② 嵯岈（yá）：即"槎牙"，枝干不齐貌。③ 太阴：极盛的阴气，语出汉蔡邕《独断》。④ 黄云：塞外的云。因沙尘上扬而呈黄色。

（刘明浩）

博浪沙[①]

【题解】

张良在博浪沙（在今河南原阳东南）暗刺秦始皇故事，前人多用以写复仇，而本诗却另出新意，指出秦朝统治者镇压人民，并未收到保秦万世不衰的效果，立论更高出一层。

一击车中胆气豪，祖龙社稷已惊摇[②]。如何十二金人外[③]，犹有民间铁未销[④]？

---

① 本诗选自《陈刚中诗集》卷二。② 祖龙：指秦始皇，语出《史记·秦始皇本纪》。③ 十二金人：指秦始皇为防止百姓反抗，收天下武器熔铸成的十二个铜人。④“民间”句，意谓民间犹有未被收尽之铜铁武器，秦末农民起义即持以推翻秦朝。

（刘明浩）

赵孟頫（1254—1322） 元诗人、书画家。字子昂，号松雪道人，湖州（今属浙江）人。宋宗室。年十四，以父荫补官。仕元为兵部郎中，累拜翰林学士。其诗清邃奇逸，自成一格。著作有《赵孟頫集》。

岳鄂王墓①

【题解】

南宋民族英雄岳飞，被奸相秦桧等人杀害，葬于杭州西湖边。宋宁宗时追封为鄂王。诗人凭吊岳墓，作诗痛悼岳飞的屈死，斥责南宋君臣投降卖国行径。诗风沉郁悲凉。

鄂王墓上草离离，秋日荒凉石兽危②。南渡君臣轻社稷③，中原父老望旌旗④。英雄已死嗟何及，天下中分遂不支⑤。莫向西湖歌此曲，水光山色不胜悲。

---

① 本诗选自《赵孟頫集》卷四。② 石兽：指墓道上的石马等。③“南渡”句：言南宋君臣苟且偷安，不以复兴国家为重。④“中原”句：言北方沦陷区的汉族人民盼望南宋军队到来。⑤“天下”句：言南北割据的局面不能维持，南宋终亡于元。

（刘明浩）

罪出[1]

【题解】

罪出即悔仕元朝之意。宋亡以后，赵退居故里，后侍御史程钜夫荐其出任兵部郎中。宋遗民及部分亲友甚表不满，赵亦怏怏，本诗便道此曲折心情。在诗中，赵认为自己处境难堪，只有目断南云，向天恸哭，发泄内心的悲愤。全诗大胆而真实地披露情怀，真纯自然，别具一格。

在山为远志，出山为小草。古语云已然，见事苦不早[2]。平生独往顾，丘壑寄怀抱。图书时自娱，野性期自保。谁令堕尘网[3]，宛转受缠绕。昔为水上鸥，今如笼中鸟。哀鸣谁复顾，毛羽日摧槁。向非亲友赠，蔬食常不饱。病妻抱弱子，远去万里道。骨肉生别离，丘垅谁为扫[4]。愁深无一语，目断南云杳[5]。恸哭悲风来，如何诉穹昊[6]。

---

① 本诗选自《赵孟頫集》卷二。② 古语：即《世说新语》郝隆之语："处则为远志，出则为小草。"此处意为宋亡后，在山隐居是高士，出山仕元便成了众人侧目的罪人。③ 尘网：语本陶潜《归田园居》："误落尘网中，一去三十年。"指功名利禄如罗网，陷入其中便不得自由。④ 丘垅：指祖坟。⑤ 南云：赵之故里在江南，故有"南云杳"之叹。⑥ 穹昊(hào)：指天。

（刘明浩）

邓文原（1258—1328） 元诗人。字善之，一字匪石，绵州（今四川绵阳）人。宋末应浙西转运司试，中魁选。元世祖至元间，辟为杭州路儒学正，累迁翰林待制。官至集贤直学士，兼国子祭酒。其诗温醇典雅。著作有《巴西集》。

松雪翁桐阴高士图[①]

【题解】

松雪是元代著名画家、诗人赵孟頫别号。本诗为咏画诗，大致上按照赵所绘《桐阴高士图》图意写。因画中高士为作者所向往，故写赵画之意，也即抒作者之感情襟怀。前四句写桐，后四句写人。用笔闲散，绘物合体，虽未有浓笔重彩，诗人之情意却表露略尽。

玉立桐阴十亩苍[②]，托根何必在朝阳。迎风簌簌秋声早，洒夜阴阴月色凉。胜事只消琴在膝[③]，野情聊倚石为床。高人自得坡头趣，不为花开引凤皇[④]。

---

① 本诗选自《巴西集》。② 玉立：指桐独立。③ 琴：指桐木所做的琴。此句由桐过渡到人。④ 凤皇：即“凤凰”。传凤凰非梧桐不栖，非桐实不食。此句以花开引凤凰喻逢迎当道以求功名。

（刘明浩）

宋无（1260—约1341） 元诗人。字子虚，原籍晋陵（今江苏常州），以兵乱迁吴。曾举茂才，以亲老不就。其诗较重词采修饰。著作有《翠寒集》。

乌夜啼[①]

【题解】

《乌夜啼》为乐府《西曲歌》名，相传南朝宋临川王刘义庆作。宋无此诗借旧题而翻新意。起数句写吴王夜宴之豪华，“吴王”以下则描绘吴国灭亡后鬼火坏冢之阴森。对比鲜明，语言奇丽，是宋无学李贺诗而加以变化的佳作。

露华洗天天堕水[②]，烛光烧云半空紫。西施夜醉芙蓉洲，金丝玉簧清咽秋。鞞鼓鞭月行春雷[③]，洞房花梦酣不回。宫中夜夜啼栖乌，美人日日歌吴歈[④]。吴王国破歌声绝，鬼火青荧生碧血。千年坏冢耕狐兔，乌衔纸钱挂枯树。髑髅无语满眼泥，曾见吴王歌舞时。乌夜啼，啼为谁？身前欢乐身后悲，空留瑟怨传相思[⑤]。乌夜啼，啼别离。

---

① 本诗选自《翠寒集》。② 露华：露水。③ 鞞鼓：又称鞭鼓，一种小鼓。此句谓春夜月下击敲如雷响。④ 吴歈（yú）：吴地的歌谣。⑤ “空留”句：化用刘禹锡《潇湘神》诗：“斑竹枝，斑竹枝，泪痕点点寄相思。楚客欲听瑶瑟怨，潇湘深夜月明时。”

（刘明浩）

袁桷（1266—1327） 元诗人。字伯长，庆元路鄞县（今属浙江）人。成宗大德初任翰林国史院检阅官，累迁翰林侍讲学士。泰定帝初即位时辞归。袁桷主张为诗宜“淡而和，简而正”，其诗之艺术价值主要也在此。著作有《清容集》。

雨后闻莺[①]

【题解】

本诗约作于成宗大德四年（1300）。诗中所写纯是江南景色，色彩淡雅，人物娴静，有似一幅山水人物画。由“莺鸣”转而为随感，则能回到人间现实中来，感情趋向强烈，体现了作者关心民生疾苦的精神。

众卉沐新雨，幽光淡余情。岸帻碧窗冷[②]，卷帘白云生。起坐调素弦，促轸流莺鸣[③]。似言田家苦，招我田中行。昨宵隐其雷[④]，愿言兴满盈[⑤]。

---

① 本诗选自《清容集》卷五。② 帻（zé）：头巾。岸帻：推起头巾，露出前额，形容衣著简率不拘。③ 轸（zhěn）：弦乐器上转动弦线的木柱。促轸：即紧弦。④ 隐其雷：语见《诗·召南·殷其雷》。隐乃“殷”通假字，雷声。⑤ 愿言：言为助词，无意义。兴满盈：雨水充足。

（刘明浩）

柳贯（1270—1342） 元诗人。字道传，号乌蜀山人，浦江（今属浙江）人。元成宗大德四年（1300）荐为江山县儒学教谕。官至翰林待制，兼国史院编修。柳贯以散文著称，诗风简洁，善写景物变化之态。著作有《待制集》。

夜行溪谷间梅花迎路香影离离可爱[1]

【题解】

本诗约作于成宗大德末年（1307）。全诗写夜色中的梅花，以苍烟淡月衬托，如梦如幻，更突出了梅花清远高洁的风姿。

暝投村径绕羊肠，离立江梅似雁行[2]。冷蕊微开初的皪[3]，繁枝乱插更凄凉。苍烟挂树多疑梦，淡月窥林稍觉香。正为先生行役苦，故留皴玉荐奚囊[4]。

---

① 本诗选自《待制集》卷六。② 离立：并立。③ 的皪(lì)：鲜明状。④ 皴(cūn)玉：裂纹较深的玉，比喻梅花。奚囊：用李贺故事。《新唐书·李贺传》载：李贺每出游，从小奚奴，备破锦囊，遇有所得，即书投囊中。后因以奚囊指诗囊。

（刘明浩）

张养浩（1270—1329） 元诗人。字希孟，号云庄，济南（今属山东）人。以荐为东平学正。曾任监察御史，以梗直敢言为人所嫉。累迁礼部尚书。张是元代著名散曲家，又能诗。多反映民生疾苦之作。诗风自然潇洒，有元稹、白居易“元和体”风致。著作有《云庄休居自适小乐府》、《归田类稿》。

黄州道中[①]

【题解】

黄州在今湖北。全诗以行程为线索，模写去黄州沿途中的景色。用笔自然流畅，表现出作者闲适、轻松的心情。

濯足常思万里流[②]，几年尘迹意悠悠。闲云一片不成雨，黄叶满城都是秋。落日断鸿天外路，西风长笛水边楼。梦回已悟人间世，犹向邯郸话旧游[③]。

---

① 本诗选自《归田类稿》卷十九。② “濯足”句：从古《沧浪歌》“沧浪之水清兮，可以濯吾缨；沧浪之水浊兮，可以濯吾足”及左思《咏史》“振衣千仞冈，濯足万里流”而来。此以表达作者希望退隐的心情。③ “梦回”两句：唐李泌《枕中记》故事：卢生在邯郸旅邸遇一老翁，翁授以枕。卢生在主人煮黄粱时藉枕而眠，梦中一生享尽荣华富贵。梦醒，主人黄粱犹未熟。邯郸：在今河北省。按诗人时被起用，重入仕途，故云早已参透官场之梦，但如今又做官，所以是又入梦中话旧游。

（刘明浩）

杨载(1271—1323) 元诗人。字仲弘,浦城(今属福建)人,后徙杭州。初以布衣召为翰林国史院编修官。后举仁宗延祐二年进士。授饶州路同知,历任浮梁州事、宁国路总管府推官。与虞集、范梈、揭傒斯齐名,被人誉为"元诗四大家"。其诗强悍苍劲,虞集称之为"百战健儿"。著作有《杨仲弘集》。

宿浚仪公湖亭①

【题解】

浚仪在今安徽亳县东南。本诗约作于作者任宁国路总管府推官时。第三、四句的意境提炼,有可回味之处。此题原有4首,本诗为其三。

几年乡梦隔江湖,此日登临兴不孤。小艇欲行无远近,不愁归醉要人扶。

---

① 本诗选自《杨仲弘集》卷八。

(刘明浩)

宗阳宫望月[①]

【题解】

《西湖游览志》:"宗阳宫,本宋德寿宫后圃也。……杜道坚,号南谷,当涂人,风度清雅。尝以中秋集儒彦,登老君台玩月,分韵赋诗,杨仲弘为首唱。"本诗即为此"首唱"之作。本诗技巧熟练,特别是颔联两句写出了月色朦胧的夜景,辽阔而幽静。

老君台上凉如水,坐看冰轮转二更。大地山河微有影[②],九天风露寂无声。蛟龙并起承金榜[③],鸾凤双飞载玉笙[④]。不信弱流三万里[⑤],此身今夕到蓬瀛[⑥]。

---

① 本诗选自《杨仲弘集》卷六。②"大地"句:写月亮。《酉阳杂俎·天咫》:"或言月中蟾桂,地影也;空处,水影也。"③"蛟龙"句:指金色的匾额旁围绕着龙形雕饰。④ 鸾凤:喻歌舞女。⑤ 弱流:即弱水,神话仙境中的一条河海,见《山海经·大荒西经》。⑥ 蓬瀛:蓬莱和瀛洲,神话中的仙山。

(刘明浩)

虞集（1272—1348） 元学者、诗人。字伯生，号道园，人又称邵庵先生，祖籍仁寿（今属四川），后徙临川崇仁（今属江西）。成宗大德初荐授大都路儒学教授。文宗时，累迁奎章阁侍书学士，纂修《经世大典》。虞集为“元诗四大家”之一。其诗风格不一，然以平淡自然之作为上乘。著作有《道园学古录》、《道园遗稿》。

赤　城　观[①]

【题解】

赤城观在今江西丰城县境。丰城县在虞集幼年生长之地崇仁西北，当为虞经常漫游之地。本诗写雷雨以后，万物欣苏活跃状，细腻入微。

雷起龙门山，雨洒赤城观。萧骚山木高[②]，浩荡尘路断。鱼龙喜新波，燕雀集虚幔[③]。开户微风兴，倚杖众云散。

---

① 本诗选自《道园学古录》卷一。② 萧骚：树木被风吹拂所发出的声音。③ 虚幔：帘幕。幕幔柔质故曰虚。

（刘明浩）

挽文丞相[1]

【题解】

宋丞相文天祥于元世祖至元十九年(1282)就义于燕京(今北京),虞此诗当是追挽之作。本诗悲壮沉郁,既是追挽文天祥,也是哀悼南宋的覆亡,字里行间流露出深沉的民族感情。

徒把金戈挽落晖[2],南冠无奈北风吹[3]。子房本为韩仇出,诸葛安知汉祚移[4]。云暗鼎湖龙去远[5],月明华表鹤归迟[6]。不须更上新亭望,大不如前洒泪时[7]。

---

① 本诗选自《道园遗稿》卷三。② “徒把”句:典出《淮南子·览冥》:“鲁阳公与韩构战,战酣日暮,援戈而挥之,日为之反三舍。”意即文天祥想挽救南宋垂亡的国势是徒然的。③ 南冠:囚犯,语出《左传》。此指文天祥被俘后解往北方,囚于京城。④ 子房:汉留侯张良字。本为韩国人,秦灭韩后,张遣刺客刺秦皇。诸葛:诸葛亮。他辅助刘备,建立蜀汉,终为魏所灭。汉祚(zuò):蜀汉的国运。这两句以张良、诸葛亮事说明文天祥精忠报国,却不知南宋运数已尽,无法挽救。⑤ 鼎湖龙去:此指宋帝之死。《史记·封禅书》载:黄帝铸鼎于荆山,鼎成,乘龙飞去。元世祖至元十六年(1279)春,陆秀夫携南宋末帝赵昺投海,南宋亡。⑥ 华表鹤归:用辽东丁令威故事,谓文天祥如死而有知,将有“城郭如故人民非”之感。⑦ 新亭:在今江苏江宁县南。晋元帝时,丞相王导在新亭宴客,周恺中坐而叹:“风景不殊,举目有山河之异。”皆相视流涕。这两句意谓如今国家为异族所据,比之偏安江南的东晋和南宋更加不如。

(刘明浩)

范梈（1272—1330） 元诗人。字亨父，一字德机，人称文白先生，清江（今江西樟树）人。少孤贫，后荐为左卫教授，迁翰林院编修官，累改闽海道知事。范诗冲淡闲远，为“元诗四大家”之一。著作有《范德机集》。

王氏能远楼[①]

【题解】

本诗痛感人生变幻，世事无常。气宇超迈，意象飞翔，近乎李白、苏轼诗的豪放风格。

游莫羡天池鹏[②]，归莫问辽东鹤[③]，人生万事须自为，跬步江山即寥廓[④]。请君得酒勿少留，为我痛酌王家能远之高楼。醉捧勾吴匣中剑[⑤]，斫断千秋万古愁。沧溟朝旭射燕甸[⑥]，桑枝正搭虚窗面。昆仑池上碧桃花[⑦]，舞尽东风千万片。千万片，落谁家？愿倾海水溢流霞[⑧]。寄谢尊前望乡客，底须惆怅惜天涯[⑨]。

---

① 本诗选自《范德机诗集》卷四。② 天池鹏：语出《庄子·逍遥游》：“南冥者，天池也。……鹏之徙于南冥也，水击三千里，抟扶摇而上者九万里。”③ 辽东鹤：用汉人丁令威学道成，化鹤归辽东的故事。④ 跬（kuǐ）步：半步。⑤ 勾吴：即“吴钩”，宝刀名。⑥ 沧溟：幽远的天空。燕（yān）甸：燕地的田野。⑦ “昆仑”句：相传西王母所居之昆仑池生长的碧桃，吃了可长生不老。⑧ 流霞：传说中的仙酒名，喝后可不饥不渴。见王充《论衡·道虚》。⑨ 底须：何须。

（刘明浩）

揭傒斯（1274—1344） 元诗人、史学家。字曼硕，龙兴富州（今江西丰城）人。历任翰林侍讲学士、奎章阁授经郎、总修辽金宋三史等职。揭通诗法理论，著有《诗宗正法眼藏》。诗兼学李杜，风格清婉丽密，著名诗人虞集赞为“美女簪花”、“三日新妇”。尤长于古乐府，多反映民间疾苦。著作有《揭傒斯全集》。

夏五月武昌舟中触目[①]

【题解】

本诗大约作于元成宗大德八年（1304），时作者旅居武昌。诗写舟行所见，把船外之景的描绘和船上之人的刻画交织在一起，给寂寞单调的旅途生活增添些许生气。最后两句既感叹自己奔波劳碌，又寄寓思乡之情，寓意深远。风格清新平淡，颇得三谢之旨趣。

两髯背立鸣双橹，短蓑开合沧江雨。青山如龙入云去，白发何人并沙语[②]。船头放歌船尾和，篷上雨鸣篷下坐。推篷不省是何乡，但见双双白鸥过。

---

① 本诗选自《揭傒斯全集》诗集卷一。② 并沙语：并立在沙滩上交谈。

（刘明浩）

黄溍(1277—1357) 元理学家、诗人。字晋卿、文晋,义乌(今属浙江)人。元仁宗延祐进士,任台州宁海县丞、诸暨州判官,皆有治绩。后任应奉文字、侍讲学士、同知制诰,兼国史院编修官。其诗结构严谨,援据亦精切,有些诗学乐府民歌,风格平易自然。著作有《文献集》。

雨①

【题解】

本诗为咏雨诗,然而并未咏雨中之闲情逸趣,而是立足于"田父",以"田父"之愁为作者之愁,因此体现出较高的思想境界。诗写得形象生动,较好地表达了"伤民"的主旨。

田父愁何诉,龙公怒未休。千畦沉翠羽②,百水散黄流。小市犹长闭,孤城并欲浮。谁夸补天漏,此事恐悠悠③。

---

① 本诗选自《文献集》卷一。② 翠羽:碧绿的禾穗。沉翠羽:指庄稼皆没水中。③ 补天漏:《淮南子》:"女娲炼五色石以补苍天。"《拾遗记》:"江东俗称正月二十日为天穿日,以红缕系煎饼饵置屋,曰补天穿。"这两句意谓天既降如此大雨,足见女娲补天之事实不可信。

(刘明浩)

马祖常（1279—1338） 元诗人。字伯庸，世为雍古部，居靖州天山（在今新疆）。仁宗延祐二年进士及第，授应奉翰林文学，后官至御史中丞、枢密副使。马工于文章，精赡鸿丽。其诗才力富健，圆密清丽。著作有《石田集》。

驾发上京[1]

【题解】

本诗大约作于泰定帝泰定二年（1325）至文宗至顺元年（1330）之间，马祖常在大都（今北京）任职之时。驾即皇帝御驾；上京即上都，在今内蒙古正蓝旗东五一牧场，已废。本诗记述了作者某次随驾北行的阵容及声威，场面雍容华贵，典重开阔。塞外游牧民族的粗犷、慓悍与中原大地的豪迈、遒劲相糅合，便形成本诗所特有的风格。

苍龙对阙夹天阊[2]，秋驾凌晨出国门。十里貔貅骑騕袅[3]，一双日月绣旗旛。讲蒐猎较黄羊圈[4]，赐宴恩沾白兽樽[5]。赫奕汉家人物盛[6]，马卿有赋在文园[7]。

---

① 本诗选自《石田集》卷三。② 苍龙：东方七宿之名。天阊：皇宫门。③ 貔貅（pí xiū）：传说中的一种神兽，常用以比喻勇猛的军队。騕袅（yǎo niǎo）：神马名，语出《瑞应图》。后泛指良马。④ 蒐（sōu）：打猎。⑤ 白兽樽：即白虎樽，盖上刻有虎形的酒器。《宋书》载："正旦元会，设白虎樽于殿庭，盖上施白虎。"⑥ 赫奕：盛美状。⑦ 马卿：司马相如，字长卿，武帝时通西南夷有功，后拜孝文园令。他曾向武帝献赋。此言随驾的文士献诗文颂扬皇帝。

（刘明浩）

河湟书事[①]

【题解】

河湟即黄河、湟水两河流域一带，元代属甘肃行省西宁州。本诗写波斯（今伊朗）商人长途跋涉来中国经商，反映了元代和中亚、西亚国家商业往来的盛况。

波斯老贾度流沙，夜听驼铃识路赊[②]。采玉河边青石子，收来东国易桑麻[③]。

---

① 本诗选自《玉田集》卷四。② 赊：远。③ 东国：中国，因在波斯东，故称。

（刘明浩）

杨花宛转曲[①]

【题解】

本诗写杨花宛转飞舞的姿态，以圆密清丽之笔墨细加描摹，衬托出春光的温柔旖旎。

---

① 本诗选自《石田集》卷五。

空中游丝已无赖[2],宛转杨花犹百态。随风扑帐拂香奁,度水点衣萦锦带。轻薄颠狂风上下[3],燕子莺儿各新嫁。钗头烬坠玉虫初[4],盆里丝缫银茧乍。欲落不落春沼平,无根无蒂作浮萍[5]。缬波绣苔总成媚[6],人间最好是清明。清明艳阳三月天,帝里烟花匝酒船[7]。石桥横直人家好,小海白鱼跳碧藻[8]。榆荚荷钱怨别离[9],不似杨花宛转飞。杨花飞尽绿阴合,更看明年春雨时。

---

② 游丝:指小虫吐出在空中游荡的丝。无赖:如人撒娇时之可爱。③ “轻薄”句:化用杜甫诗:“颠狂柳絮随风舞,轻薄桃花逐水流。”④ 玉虫:灯芯烧尽后的灰,状如灰白色虫,故名。语出杨万里诗《和范至能参政》:“玉虫挑尽不成眠。”此喻杨花。⑤ 浮萍:古人认为杨花落水化为浮萍。见《月令》。⑥ 缬(xié)波:形容水波闪动,如有花纹的丝织品。缬:染花的丝织品。⑦ 帝里:帝皇居住的场所,后以指京城。⑧ 小海:小湖,元大都人称湖泊为海子。⑨ 荷钱:初生荷叶状如钱。

(刘明浩)

吴师道（1283—1344） 元诗人。字正传，婺州兰溪（今属浙江）人。英宗至治年间进士，官至礼部郎中。吴诗崇尚平易自然，清新飘逸，有隐士风。著作有《礼部集》、《吴礼部诗话》。

赤　壁　图①

【题解】

本诗为吊古题画诗。赤壁在今湖北蒲圻县西北长江边。东汉献帝建安十三年（208），孙权与刘备联军败曹操军于此，从此确立了鼎足三分的局势。本诗借古人成句，对叱咤一时的英雄人物曹操、孙权作了简略的评价。诗境开阔，气势不凡，对句巧妙工稳，为后人所称道。

沉沙折戟怒涛秋②，残垒苍苍战斗休。风火千年消伯气③，江山一幅挂清愁。丈夫不学曹孟德④，生子当如孙仲谋⑤。机会难逢形胜在，狂歌吊古谩悠悠。

---

① 本诗选自《礼部集》卷七。② “沉沙”句：化用杜牧诗：“折戟沉沙铁未销，自将磨洗认前朝。”③ 伯气：即霸气。④ “丈夫”句：《晋书·石勒载记》载，石勒云：“大丈夫作事当磊磊落落，决不学曹孟德、司马仲达欺人孤儿寡妇，以狐媚取天下也。”⑤ “生子”句：引曹操原话。《三国志·孙权传》裴注引《吴历》：“公（曹操）见舟船、器仗、军伍整肃，喟然叹曰：‘生子当如孙仲谋，刘景升（刘表字）儿子（刘琮）若豚犬耳。’”仲谋是孙权的字。

（刘明浩）

萨都剌（1284—1348） 元诗人。字天锡，号直斋，生于雁门（今山西代县），后定居宛平（今属北京）。蒙古族人。泰定帝泰定四年进士，任淮西江北道经历等职。一生多行旅，喜览名山大川。其诗题材广泛，具有鲜明的民族特色和地域特色。长于抒情，在清丽委婉之中得自然之趣。著作有《雁门集》。

燕　姬　曲[①]

【题解】

《燕姬曲》一作《杨花曲》。本诗写燕姬始荣终衰，蕴含褒贬人世之意。全诗婉约清丽，写燕姬之艳丽不落凡笔。

燕京女儿十六七，颜如花红眼如漆。兰香满路马尘飞，翠袖笼鞭娇欲滴[②]。春风淡荡摇春心[③]，锦筝银烛高堂深。绣衾不暖锦鸳梦，紫帘垂雾天沉沉。芳年谁惜去如水，春困著人倦梳洗。夜来小雨润天街[④]，满院杨花飞不起。

---

① 本诗选自《雁门集》卷四。② 笼鞭：手执马鞭而笼在袖子里。③ 淡荡：舒缓荡漾。④“夜来”句：用韩愈《早春呈水部张十八员外》：“天街小雨润如酥。”天街，京城街道。

（刘明浩）

四时宫词①

【题解】

本诗作于元文宗至顺元年（1330），当时作者在京任翰林国史院应奉文字之职。诗写宫内女子寂寞凄凉的生活，以及她们对爱情的渴望。这本是宫词的老题材，此诗却写得清丽婉转而不纤弱柔靡。

宫沟水浅不通潮，凉露瑶街湿翠翘②。天晚不闻青玉珮③，月明偷弄紫云箫。正宫夜半羊车过④，别院秋深鹤驾遥。却把闲情望牛女，银河乌鹊早成桥。

---

① 本诗选自《雁门集》卷四。原诗四首，此为其三，写秋。② 瑶街：富丽的街道。翠翘：女子头上的翡翠头饰。此两句写宫女望幸，秋夜伫立。③“天晚”句：以不闻玉珮声指无人前来。④ 羊车：典出《晋书》："武帝（司马炎）掖庭，并宠者众，莫知所适。宫人乃取竹叶插户，盐汁洒地，以引帝车（帝在后宫乘羊拉之小车）。盖竹叶盐汁，皆羊为所喜食也。"

（刘明浩）

过嘉兴[1]

【题解】

萨都剌在顺帝至元二年(1336)除闽海廉访知事，赴任过嘉兴而作此诗。作者喜写各地风土人情，用“十幅蒲帆”、“芦芽短短”、“吴姬荡桨”等几幅画面，便描绘出江南特有的景色，使人感受到浓郁的乡土气息。

三山云海几千里[2]，十幅蒲帆挂烟水。吴中过客莫思家，江南画船如屋里。芦芽短短穿碧沙，船头鲤鱼吹浪花。吴姬荡桨入城去，细雨小寒生绿纱。我歌水调无人续[3]，江上月凉吹紫竹。春风一曲鹧鸪词[4]，花落莺啼满城绿。

---

① 本诗选自《雁门集》卷九。② 三山：指福州。古谓福州城有三山即于山、乌石山(一名道山)、越山(一名闽山)。③ 水调：曲牌名。④ 鹧鸪词：词牌名，又作《鹧鸪吟》、《鹧鸪天》。

(刘明浩)

送䜣上人笑隐住龙翔寺[①]

【题解】

䜣上人即大䜣。俗姓陈，自号笑隐，江西南昌人。在杭州出家，为中天竺住持禅师。文宗召为龙翔集庆寺（在今南京）主持，授大中大夫。博通经典，旁及儒家道流之说。本诗作于䜣上人离杭赴龙翔集庆寺之际。诗中颂扬了䜣上人的人品，表现出诗人的敬仰之情。全诗用语浅淡，对仗工稳，颔联尤传诵人口。据《尧山堂外纪》载：此联中的“看”字原作“闻”，“伯生（虞集字）见之，谓曰：‘诗固佳，但闻听二字意重。’后至南台见马伯庸（马祖常字），亦如所云，欲改之，未得。未几，以事至临川谒虞，语及前诗，伯生曰：‘唐人诗有云：“林下老僧来看雨”，改“地湿厌看天竺雨”，音调差胜。’萨叹服，拜为一字师。”

江南隐者人不识，一日声名动九重[②]。地湿厌看天竺雨，月明来听景阳钟[③]。衲衣香暖留春麝，石钵云寒卧夜龙[④]。何日相从陪杖屦[⑤]，秋风江上采芙蓉。

---

① 本诗选自《雁门集》卷三。② 九重：帝王所居之地。③ 景阳钟：南朝齐武帝所作钟，置金陵景阳楼。④“衲衣”两句：意谓僧衣留有麝香，持着石钵在高山云寒之处而卧。极言僧人悠闲的出家生活。⑤ 杖屦：手杖与草鞋。陪杖屦：犹言在左右陪伴。

（刘明浩）

贯云石（1286—1324） 元诗人。维吾尔族人。父名贯只哥，遂以贯为氏，自名小云石海涯，初号疏仙，又号酸斋、芦花道人。初袭父官，任两淮万户府达鲁花赤，拜翰林侍读学士。退隐后客居江南，游山玩水，诗酒唱和，优游度日。散曲、散文皆有成就，诗则豪放飘逸，有李白气象。

芦 花 被[①]

【题解】

此诗前有小序云：诗人过梁山泊，见渔翁织芦花为被，提出以绸被调换。渔父则愿以诗换，而不受绸被。本诗借芦花的洁白无污、清香爽人，抒写作者蔑视功名富贵的高洁品质。语言清新雅洁，颇蕴谐奇之趣。作者由此诗而得“芦花道人”的美号。明初瞿佑《归田诗话》载有多首后人题《芦花被图》的诗作，足见其影响之深远。

采得芦花不涴尘[②]，翠蓑聊复藉为茵[③]。西风刮梦秋无际，夜月生香雪满身。毛骨已随天地老[④]，声名不让古今贫。青绫莫为鸳鸯妒，欸乃声中别有春[⑤]。

---

① 本诗选自《贯云石作品辑注》。② 涴（wò）：弄脏。③ 翠蓑：绿色的蓑衣。此代指渔翁。聊复：姑且。茵：褥子。④“毛骨”句：既言芦秆已干枯，又指诗人年纪已老。⑤“青绫”两句：言自己不羡慕盖着绸被享受豪华生活的贵人，在摇橹声中悠闲地漫游江湖，也别有一番美好的兴味。鸳鸯：绣在青绫上的鸳鸯图案。欸（ǎi）乃：摇橹声。

（刘明浩）

王冕（？—1359） 元诗人、画家。字元章，号煮石山农、饭牛翁、梅花屋主、会稽外史等，诸暨（今属浙江）人。少时家贫，读书刻苦。应进士举不中，即焚所作文，隐于山间林下。明太祖朱元璋下浙中，授以咨议参军，旋病卒。其诗作多反映社会现实、民生疾苦和自己的隐逸生活，诗风质朴刚健。著作有《竹斋集》。

伤亭户[①]

【题解】

亭户即灶户，制盐专业户。元承宋制，设官督责专业亭户课税。本诗写一亭户在课税催逼下家破人亡的惨剧，可以看出效仿杜甫《石壕吏》的明显痕迹。

清晨度东关，薄暮曹娥宿[②]。草床未成眠，忽起西邻哭。敲门问野老，谓是盐亭族。大儿去采薪，投身归虎腹。小儿出起土，冲恶入鬼录[③]。课额日以增，官吏日以酷。不为公所干，惟务私所欲。田关供给尽，鹾数屡不足[④]。前夜总催骂，昨日场胥督。今朝分运来[⑤]，鞭笞更残毒。灶下无尺草，瓮中无粒粟。旦夕不可度，久世亦何福。夜永声语冷，幽咽向古木。天明风启门，僵尸挂荒屋。

---

① 本诗选自《竹斋集》卷一。② 东关：在今浙江绍兴东运河旁。曹娥：即曹娥江。在绍兴市东。③ 起土：动土。指建房、修城等工作。鬼录：冥间死人的名册。此两句是说小儿挖土冲撞了土神而死去。④ 鹾（cuó）数：作为赋税上交之盐。⑤ 总催、场胥、分运：均为各级盐官名。

（刘明浩）

墨 梅[①]

【题解】

这是一首题画诗，以墨梅的淡雅素洁，寄托诗人不与世俗同流合污的高尚节操。墨梅即以水墨画梅，不着颜色。本诗题下原有4首，此为其三。

我家洗砚池边树[②]，朵朵花开淡墨痕。不要人夸好颜色，只留清气满乾坤。

① 本诗选自《竹斋集》卷四。② 我家洗砚池：相传王羲之"临池学书，池水尽黑"。王冕与王羲之同姓，故称"我家"。

(刘明浩)

题 画 梅[①]

【题解】

本诗约作于元顺帝至正九年至十年(1349—1350)间。王冕在长途漫游以后回到了绍兴，在会稽九里山买地造屋，名为梅花屋，自号梅花屋主。本诗题下原有两首

① 本诗选自《竹斋集》卷二。

诗，就作于梅花屋内。此诗表现了作者在元末农民大起义爆发前夕，面对现实生活中无法解决的矛盾而流露出来的复杂感情，以及对人生真谛作进一层探索的愿望。作者力图辨清世间万事万物“何者是真何者假”，发现名利、死生、贫富一切皆空，得出“明朝酒醒呼鹤归”、“坐对青山恣倾倒”的消极结论。但作者又不甘颓靡，仍渴望建功立业，造福社稷人民，并以“松篁节操梅精神”来勉励自己。本诗气势豪迈，语言形象，比喻、拟人等修辞手法使用得妥贴得体，有较强的艺术效果。

君不见汉家功臣上麒麟②，气貌岂是寻常人。又不见唐家诸将图凌烟③，长剑大羽联貂蝉④。龙章终匪尘俗状⑤，虎头乃是封侯相⑥。我生山野无能为，学剑学书空放荡。老来晦迹岩穴居⑦，梦寐未形安可模。昨日冷飙动髭须，拄杖下山闻鹧鸪。乌巾半岸衣露肘，忘机忽落丹青手。器识可同莘野夫⑧，孤高差拟磻溪叟⑨。山翁野老争道真，松篁节操梅精神。吟风笑月意自在，只欠鹿豕来相亲。江北江南竞传写，祝君叹其才尽下。我来对面不识我，何者是真何者假。祝君放笔一大笑，不须揽镜亦自小。相携且买数斗酒，坐对青山恣倾倒。明朝酒醒呼鹤归，白云满地芝草肥。玉箫吹来雨霏霏⑩，琪花乱飐春风衣。祝君许我老更奇，我老自觉头垂丝。时与不时何以为，赠君白雪梅花枝。

---

② 麟麒：即麟麒阁。汉宣帝时画功臣像于麟麒阁上。③ 凌烟：即凌烟阁。唐太宗时画功臣像于其上。④ 貂蝉：武官冠上饰物。⑤ 龙章：又作“龙章凤姿”，喻优美之容姿。⑥ 虎头：古人以为万户侯之相。⑦ 晦迹：隐居。⑧ 莘：古莘国，在山东省曹县北。野夫：指山间田野的百姓。此指伊尹，他躬耕于莘野，后佐汤为相。⑨ 磻(pán)溪叟：指姜子牙。他钓于磻溪，周文王往访。⑩ 雨霏霏：形容梅花飘落。

（刘明浩）

许有壬（1287—1364） 元诗人。字可用，汤阴（今属河南）人。仁宗延祐二年（1315）进士。顺帝至正中，累官集贤大学士，改枢密副使，拜中书左丞兼太子左谕德。诗文均有时名。散文雄厚深实，诗歌清淡雅致，颇擅白描。著作有《至正集》、《圭塘小稿》等。

荻港早行[①]

【题解】

荻港，一作荻渚，在今安徽繁昌西长江边。本诗写江边早行所见景色，浓淡有致，明丽如画。依着行进线索，一切以自然出之，略加勾勒，即成此小幅画卷。

水国宜秋晚，羁愁感岁华。清霜醉枫叶，淡月隐芦花。涨落高低路，川平远近沙。炊烟青不断，山崦有人家[②]。

---

① 本诗选自《至正集》卷十二。② 山崦（yān）：原指太阳落山处，此借指山坳。

（刘明浩）

张翥（1287—1368） 元诗人。字仲举，世称蜕庵先生，晋宁（今属云南）人。张翥精于音律，以诗文知名于时。顺帝至元初（1335）以隐逸荐，召为国子助教。官至翰林学士承旨。张诗多忧时感愤之作，体近杜甫。著作有《蜕庵集》、《蜕庵词》。

人雁吟，悯饥也[①]

【题解】

元顺帝至正十八年（1358），陕西的鄜州、凤翔、岐山皆大旱，“莒州家人自相食，岐山人相食”（《元史·五行志》）。本诗谓“关中易子食”，系指此事。全诗用“欲抑故扬”之法，以少数人射雁肉吃，尚可挣扎生存，反衬其余人民存亡不保，读后令人动情。

雁啄啄[②]，飞搏搏[③]，江边虞人缚矰缴[④]。人饥处处规尔肉[⑤]，岂知雁饥肉更薄。城中卖雁不值钱，市内籴米斗五千。妻儿煮糜不敢饱，朝朝射雁出江边。不闻关中易子食，空里无人骨生棘。县官赈济文字来，汝尚可生当自力。

---

① 本诗选自《蜕庵集》卷一。② 啄啄：雁觅食状。③ 搏搏：不停地振翅而飞。④ 虞人：原指管理山泽苑囿之官，此指猎人。矰缴（zēng zhuó）：以绳系于箭以射飞鸟的工具。⑤ 规：图谋。

（刘明浩）

吴莱（1297—1340） 元学者、诗人。本名来凤，字立夫，浦阳（今分归浙江义乌、兰溪）人。仁宗延祐间以《春秋》贡于乡。试礼部不第。退居林下，钻研经史。后荐为饶州路长芗书院山长，未行而卒。吴莱喜作古风，其诗雄迈恣肆，自成一格。著作有《渊颖集》。

题晋刘琨鸡鸣舞剑图①

【题解】

刘琨，晋人，少与祖逖为友。立志报国，半夜鸡鸣，起作剑舞。愍帝初年，任大将军，都督并州诸军事，坚守并州，与匈奴对抗，实现了平生志愿。此诗描摹他闻鸡起舞的矫健身姿，追忆刘琨抗击匈奴侵略的英雄业绩。末四句借古喻今，感叹自己徒有满腹经纶，而不为世用。全诗用典较多，但不碍诗意表达。

我行洛阳大道边，一双苍鹅飞上天②。惜哉春水御沟去，化作胡儿饮马泉③。前山鸡鸣夜欲半，古剑随身舞凌乱。白光虎跃腾雪霜，神气龙蟠贯星汉。望中沙尘衣正寒，举手颠倒发冲冠。鹿卢𫗦动即

① 本诗选自《渊颖集》卷二。② 苍鹅：指不祥之兆，暗指来自北方的侵略。③ 饮马泉：秦筑长城以备胡，其下有泉窟，可以饮马。这两句言敌人已攻占西晋都城洛阳，胡兵在御沟饮马。

千里[4]，兰子戏成徒七盘[5]。人生岂无志？事往仅有泪。疲兵独困守[6]，剧虏翻强鸷。孔融才疏不足多[7]，袁绍众盛空黄河[8]。代公土地仍同患[9]，段国风尘漫助戈[10]。世间壮士但老死，冻铁沉埋何处使[11]！千秋万岁青金虬[12]，恨不铸得刘并州[13]。

---

④ 屩(jiǎo)：登山鞋。鹿卢屩：此鞋底有半寸长铁齿，使上山时不致滑跌。全句形容剑舞疾速。⑤ 兰子：春秋宋人，《列子》说他"弄七剑，迭而跃之，五剑常在空中"。此喻刘琨剑舞技法高超。⑥ 疲兵：指西晋亡后，在北方坚持抵抗的残余部队。⑦ 孔融：东汉末文人。值天下大乱，他志在兴汉，但才疏力不足，终无成功。《晋书·刘琨传》批评刘琨"颇浮夸"，故引孔融相比。⑧ 袁绍：东汉末军阀。起初袁绍强而曹操弱，在官渡决战中，袁却因战略战术失策而败于曹，最终为曹所灭。此句谓袁绍徒然拥有众多兵力，却无法取得官渡之战的胜利（官渡在黄河边，故有"空黄河"之说）。⑨ 代公：唐人郭震，封代国公。曾出使吐蕃，先后任凉州都督、安西大都护等，对抵抗突厥、吐蕃的侵略，保卫边疆作出了较大贡献。后得罪唐玄宗，遭流放而死。土地仍同患：指代公当年管辖之地至今仍存在外患。此句以郭震比刘琨，慨叹其功虽高而身不保的遭遇。⑩ 段国：指鲜卑人段匹磾，为幽州刺史，曾与刘琨结盟。后疑刘琨叛己，将刘杀死。⑪ 冻铁：即宝剑。⑫ 青金：即铅。虬：一种龙，此指剑。⑬ 刘并州：指刘琨，刘曾督并州诸军事。

（刘明浩）

李孝光（1297—1348） 元诗人。字季和，号五峰狂客，温州乐清（今属浙江）人。元顺帝至正七年诏征为秘书监著作郎，次年升文林郎、秘书监丞。诗与杨维桢齐名，效法李白、苏轼，风格豪放，讲究诗歌的意趣与韵味。著作有《五峰集》。

题辽人射猎图①

【题解】

此为题画诗，以贫富、忙闲的悬殊差距作对比，揭示了辽代贵族和农民之间尖锐的阶级矛盾。质朴苍劲，耐人回味。

美人貂帽玉骢马，谁其从之臂鹰者②。沙寒草白天雨霜，落日驰猎辽城下。塞南健妇方把锄，丈夫戍边官索租。

---

① 本诗选自《五峰集》卷七。② 臂鹰：侍者手臂上站着鹰，准备放出追捕禽兽。

（刘明浩）

朱德润（1284—1365） 元诗人。字泽民，睢阳（今属河南）人，流寓吴中。仁宗延祐末以荐授翰林应奉，兼国史院编修。诗多揭露当时社会黑暗之作。又为元代著名画家，风格古朴清逸。著作有《存复斋集》。

外　宅　妇[1]

【题解】

外宅妇即置于他处的妾。佛教戒律有不能娶妻一条，然元僧人社会地位高，常公开娶妇，乃至别娶外宅。本诗通过一位“小家主”的三女嫁民、嫁吏、嫁僧的不同命运，揭露了元代僧人这一特殊社会阶层的丑行。

外宅妇，十人见者九人慕。绿鬓轻盈珠翠妆[2]，金钏红裳肌体素。贫人偷眼不敢看，问是谁家好宅眷。聘来不识拜姑嫜，逐日绮筵歌宛转。人云本是小家儿，前年嫁作僧人妻。僧人田多差役少，十年积蓄多财资。寺旁买地作外宅，别有旁门通巷陌。朱楼四面管弦声，黄金剩买娇姝色。邻人借问小家主，缘何嫁女为僧妇？小家主云听我语：“老子平生有三女。一女嫁与张家郎，自从嫁去减容光。产业既微差役重，官差日日守空床。一女嫁与县小吏，小吏得钱供日费。

① 本诗选自《存复斋集》卷十。② 绿鬓：青鬓，青年人的乌黑头发。

上司前日有公差，事力单微无所恃。小女嫁僧今两秋，金珠翠玉堆满头。又有肥羶充口腹[③]，我家破屋改作楼。”外宅妇，莫嗔妒，廉官儿女冬衣布[④]。

---

③ 肥羶：肥羊。④ 衣布：穿布衣。

（刘明浩）

杨维桢（1296—1370） 元诗人、书法家。字廉夫，号铁崖、东维子，别号铁笛道人，诸暨（今属浙江）人。泰定帝泰定四年进士。历官天台县尹、江西儒学提举等。元末徙居松江。入明，诏征参与修纂礼乐书事，所修书体例略定，即请归。杨是元末诗坛领袖，其诗兼有诙奇及豪迈的特点，被称为“铁崖体”。五、七言小诗与民歌则清新俊逸。著作有《东维子文集》、《铁崖先生古乐府》、《复古诗集》、《丽则遗音》等。

鸿　门　会①

【题解】

杨维桢写了大量民歌乐府体的诗，这些诗大多以历史题材为内容，不袭乐府旧题而另创新题。其诗句数及每句字数，并无规定，除隔句用韵并可换韵以外，也无其他声病限制。此诗写历史上著名的鸿门宴，刻画了刘邦、项羽、樊哙等人物形象。虽然笔墨不多，却极有气势。

天迷关，地迷户，东龙白日西龙雨②。撞钟饮酒愁海翻，碧火吹

---

① 本诗选自《铁崖古乐府》卷一。② “天迷”三句：意为由于刘项相争，天地为之迷蒙，不能分辨是晴是雨。东龙白日：喻刘邦。西龙雨：喻项羽。

巢双猰貐[③]。照天万古无二乌,残星破月开天余[④]。座中有客天子气,左股七十二子连明珠[⑤]。军声十万振屋瓦,拔剑当人面如赭[⑥]。将军下马力拔山[⑦],气卷黄河酒中泻。剑光上天寒彗残[⑧],明朝画地分河山。将军呼龙将客走,石破青天撞玉斗[⑨]。

---

③ 撞钟:击钟,古时巨富之家,有撞钟进食的豪举。猰貐(yà yǔ):古代传说中的一种食人凶兽。此似指项羽、刘邦二家。此两句谓项刘二家在宴会上,觥筹交错,背地里却如海水翻腾一样勾心斗角。④"照天"两句:谓项、刘二人都是光照万古的大英雄,他们的伟迹,犹如初阳始出之状,残星破月均渐渐隐去,另开一光芒万丈的新天。无二乌,即无二日。⑤"座中"两句:《史记·高祖本纪》:"高祖为人,隆准而龙颜,美须髯,左股有七十二黑子。"子:同"痣"。⑥ 赭:红色。⑦ 力拔山:项羽《垓下诗》有"力拔山兮气盖世"之句。⑧ 寒彗残:寒冬接近天明时的彗星,其尾部因旭日光芒,而渐渐消失,故云。⑨"将军"两句:项羽不听范增劝阻,在鸿门宴放走刘邦。刘邦脱身后,遣张良献给项羽一双玉斗。范增置玉斗于地,拔剑撞而破之,曰:"唉!竖子不足与谋,夺项王天下者,必沛公也,吾属今为之虏矣。"这两句即言此事。

(刘明浩)

庐山瀑布谣[①]

【题解】

此诗作于元至正四年(1344)。诗前小序说他梦中与贯云石游庐山而作此诗。《尧

---

① 本诗选自《铁崖古乐府》卷三。

山堂外纪》载:"至正甲申秋八月十六夜,杨廉夫梦与酸斋仙客游庐山,各赋诗。酸斋赋《彭郎词》,廉夫赋《瀑布谣》。诘旦以语富春吴复,复拍几大叫曰:'酸斋之词,滑稽谑浪,固风流才子;而先生之谣,雄伟俊逸,真天仙也。'"

银河忽如瓠子决[②],泻诸五老之峰前[③]。我疑天孙织素练[④],素练脱轴垂青天。便欲手把并州剪[⑤],剪取一幅玻璃烟[⑥]。相逢云石子[⑦],有似捉月仙[⑧]。酒喉无耐夜渴甚,骑鲸吸海枯桑田[⑨]。居然化作十万丈,玉虹倒挂清泠渊[⑩]。

---

② 银河:指庐山瀑布。瓠(hù)子:地名,在今河南濮阳南。相传汉武帝时,黄河曾在瓠子决口,此用以形容庐山瀑布之雄伟壮观。③ 五老之峰:五老峰为庐山最高峰,以其山形似五老并肩而立,故名。④天孙:即织女。⑤ 并州剪:并州古时以产剪刀而著名。⑥ 玻璃:以玻璃的明净比喻瀑布。烟:瀑布水气。⑦ 云石子:即贯云石,元诗人,作者的朋友。⑧ 捉月仙:指李白。相传李白泛舟采石矶,酒醉捉月,误入江中而殁,死后为仙。⑨ 骑鲸:李白自号海上骑鲸客。枯桑田:大海干涸变为农田。⑩ "居然"两句:将庐山瀑布比作李白骑鲸吸海时垂下的水柱。

(刘明浩)

花游曲[①]

【题解】

此诗前有小序云：至正八年（1348），杨维桢与诗人张雨、顾瑛携歌妓璚英同游石湖诸山，张雨为璚英赋《点绛唇》词，杨维桢则作此诗。石湖在今吴县盘门西南十里，诸峰映带，风景绝胜。本诗参用乐府民歌体，又效法太白诗意，颇有飘飘欲仙之味。

三月十日春濛濛，满江花雨湿东风。美人盈盈烟雨里，唱彻湖烟与湖水。水天虹女忽当门，午光穿漏海霞裙。美人凌空蹑飞步[②]，步上山头小真墓[③]。华阳老仙海上来[④]，五湖吐纳掌中杯[⑤]。宝山枯禅开茗椀[⑥]，木鲸吼罢催花板[⑦]。老仙醉笔石阑西，一片飞花落粉题[⑧]。蓬莱宫中花报使，花信明朝二十四[⑨]。老仙更试蜀麻笺[⑩]，写尽春愁子夜篇[⑪]。

---

① 本诗选自《铁崖古乐府》卷三。② 蹑：登。蹑飞步：形容登山步履轻快。③ 小真：殆亦仙女、名妓之类人物，已无考。④ 华阳老仙：即与诗人同游之张雨。张为茅山道士，茅山有华阳洞，为南梁陶弘景隐居处。⑤ 五湖：湖名，说法不一，韦昭《吴越春秋注》以胥湖、蠡湖、洮湖、滆湖、太湖为五湖。吐纳：即吞吐。⑥ 宝山：指石湖中山。枯禅：佛家语，又称“枯槁坐禅”，谓放下一切枯坐参禅。此指山上宝积寺中和尚。茗椀：茶碗。椀：同“碗”。⑦ 木鲸：状如鲸鱼的木钟锤，此借指钟。催花板：与催花鼓之意相近。《开元天宝遗事》：“明皇二月旦游上苑，呼高力士取羯鼓临轩纵击，奏一曲名《春光好》，回顾柳杏皆已发坼，笑谓妃子曰：‘得不唤我作天公乎！’”⑧ “老仙”两句：写张雨带醉赋《点绛唇》词，题于宝积寺白壁上。⑨ 花信：花之消息。此句言到明日，二十四节气的花之消息俱能得知。⑩ 蜀麻笺：一种蜀地所产质量上佳的麻纸。⑪ 子夜篇：即子夜歌，曲名。

（刘明浩）

西湖竹枝歌[①]

【题解】

竹枝词原是古代流传于川东的一种与音乐、舞蹈相结合的民歌，唐宋以来这种形式为文人所采用，刘禹锡等都作有竹枝词。杨维桢有感于西湖风光秀丽，风俗淳朴，首创《西湖竹枝歌》，一时唱和者达几百人。顺帝至正八年（1348），杨曾将几百人之作收集选编成《西湖竹枝集》。

苏小门前花满株[②]，苏公堤上女当垆[③]。南官北使须到此[④]，江南西湖天下无。

---

① 本诗选自《铁崖古乐府》卷十。② 苏小：即苏小小，六朝南齐时的著名歌妓。③ 苏公堤：即苏堤。当垆：售酒者在柜台边迎候顾客。④ 南官北使：指来往的游客。

（刘明浩）

续奁集·相思[①]

【题解】

本诗是杨维桢《复古诗集》总题《续奁集》名下七绝20首之一首。诗写相思的两种状态,能将抽象的概念较为形象地表达出来,用语不多却意味深长。

深情长是暗相随,月白风清苦苦思。不似东姑痴醉酒,幕天席地了无知[②]。

---

① 本诗选自《复古诗集》卷六。② 东姑:东家的姑娘。幕天席地:以天地为幕席,语出刘伶《酒德颂》。这两句意谓不应像东邻姑娘那样只知痴痴醉酒,言下之意是,这不是相思。

(刘明浩)

贡师泰（1298—1362） 元诗人。字泰甫，宣城（今属安徽）人。以国子生中江浙乡试，官至礼部、户部尚书。诗学杜甫，浑厚高雅，在元代后期很有影响。著作有《玩斋集》。

风泾舟中[①]

【题解】

风泾，今作枫泾，在今浙江嘉善东北。本诗写风雨舟中忆故人，兼写身世飘零之感，凄冷清邃。颈联言“烽火”，说明此诗作于元末战乱之时。

白发飘萧寄短篷，春深杯酒忆曾同。落花洲渚鸥迎雨，芳草池塘燕避风。烽火此时连海上，音书何日到山中。故人别后遥相望，夜夜空随斗柄东。

---

① 本诗选自《玩斋集》卷四。② 短篷，指小船。

（刘明浩）

贡性之(生卒年不详) 元诗人。字友初,宣城(今属安徽)人。以荫除簿尉,后补闽省理官。入明,避居山阴,更名悦。躬耕陇亩,以终其生。其诗平易自然,山水诗则闲淡恬静,意深韵远。著作有《南湖集》。

青山云一坞图①

【题解】

本诗为题画诗。大约作于元亡前后。诗虽平易却非平淡无味,虽自然亦非全不讲究语句修饰。意境迷离。引人遐思。

青山青,青欲断,青山断人处云如幔。人家深住坞东头,刚被云遮一多半。山兮云兮窅莫分,鸡犬遥隔云中闻。有时随风或凌乱,长日与山相吐吞。城中车马多如织,没马红尘深几尺。只有富贵解留人,且与云山未曾识。吁嗟山中人,梦忆云中君。卷舒随所适,放浪由天真。我昔西游登五老②,五老诸峰插晴昊③。酒酣放歌谪仙句,拟共云松结巢好④。江郎自是青云姿,按图笑索云山诗。从来知尔出山去,为雨为霖当及时⑤。

---

① 本诗选自《南湖集》卷上。坞:四面高而中央低的山地。② 五老:五老山,五老峰,在庐山。李白《望庐山五老峰》诗有"九江秀色可揽结,吾将此地巢云松"句。③ 晴昊:晴朗的天宇。④ 谪仙:指李白。贺知章称李白为谪仙人。⑤ 为雨为霖:《书·说命上》:"若岁大旱,用汝作霖雨。"后因以霖雨指治理天下,施泽于民。

(刘明浩)

倪瓒（1301—1374） 元画家、诗人。又名珽，字元镇，号云林，无锡（今属江苏）人。一生未仕，浪迹江湖。倪为元大画家，与黄公望、吴镇、王蒙合称“元四家”。诗亦不落凡俗，清淡古朴，得陶（潜）、王（维）、韦（应物）、柳（宗元）田园山水诗之真趣，影响深远。著作有《清閟阁集》。

荒　　村[①]

【题解】

本诗约作于明太祖洪武七年（1374）作者结束浪游生活始还乡里时。明代元兴，世局发生了极大的变化，作者回乡只能寄居于姻亲邹惟高家。诗中表达了自己古稀之年不得不寄人篱下的感叹，也讽刺了那些善于见风使舵、逢迎新主的小人。用语简捷，对偶工稳，结句尤凄婉动人。

踽踽荒村客[②]，悠悠远道情。竹梧秋雨碧，荷芰晚波明[③]。穴鼠能人拱，池鹅类鹤鸣[④]。萧条阮遥集，几屐了余生[⑤]。

---

① 本诗选自《清閟阁集》卷三。② 踽（jǔ）踽：形容孤零零走路的样子。③ 荷芰：荷花。④“穴鼠”两句：以田鼠学人作揖、池鹅效鹤而鸣，讽刺作者所憎恶的趋时附势的小人。⑤ 阮遥集：晋阮孚。《世说新语·雅量》载，阮遥集好屐，“或有诣阮，见自吹火蜡屐，因叹曰：‘未知一生当著几量屐？’神色闲畅”。屐，木鞋。

（刘明浩）

北　里[①]

【题解】

本诗约作于顺帝至正初年(1341)。诗写隐逸生活,虽时有"野夫家"、"碧桐花"等乡间平常景物的描绘,却依然不脱"幽梦"、"行吟"等属于士大夫阶层的闲情雅致。诗风平易自然,就眼前所见信手拈来,透出一片闲适、安谧的气氛。

舍北舍南来往少,自无人觅野夫家。鸠鸣桑上还催种[②],人语烟中始焙茶[③]。池水云笼芳草气,井床露净碧桐花。練衣挂石生幽梦[④],睡起行吟到日斜。

---

① 本诗选自《清闷阁集》卷五。② 鸠:即布谷鸟,鸣时正当播种时,因此古人认为是劝耕之鸟。③ 焙(bèi)茶:制茶工序之一。将新鲜茶叶摘下,烘干水分,以利久藏。④ 練(shū):一种麻布。隐士着練衣以示高雅。

(刘明浩)

六月五日偶成[①]

【题解】

本诗约作于顺帝至正初年(1341)。此时倪瓒卖尽田产,扁舟来往江湖间。本诗主要表达了作者闲适、平静的隐逸生活情趣,语言朴实无华。

坐看青苔欲上衣,一池春水霭余晖[②]。荒村尽日无车马,时有残云伴鹤归。

---

① 本诗选自《清閟阁集》卷七。② "一池"句:农历六月五日已是盛夏,此云春水只是泛指。或因水色青碧如春水,故云。

(刘明浩)

怀　　归[①]

【题解】

本诗约作于元末兵乱,浪迹江湖之时。因长期离开家乡,故作者感叹"一榻菰蒲

---

① 本诗选自《清閟阁集》卷五。

夜雨船”的飘零凄凉，对故乡风物寄予深深的怀念，格高而情真。

久客怀归思惘然，松间茅屋女萝牵[2]。三杯桃李春风酒，一榻菰蒲夜雨船[3]。鸿迹偶曾留雪渚[4]，鹤情原止在芝田[5]。他乡未若还家乐，绿树年年叫杜鹃[6]。

② 女萝：一种藤蔓植物，攀援他物而生。此用杜甫《佳人》诗“牵萝补茅屋”句意。③“三杯”二句：化用黄庭坚《寄黄几复》：“桃李春风一杯酒，江湖夜雨十年灯。”④ 鸿迹：语本苏轼《和子由渑池怀归》诗：“人生到处知何似，应似飞鸿踏雪泥。泥上偶然留指爪，鸿飞那复计东西。”此以喻自己浪迹江湖，四处飘零。⑤ 芝田：传为仙人种芝草之处，常有鹤戏舞其间。此句以鹤戏芝田喻人恋家乡。⑥ 叫杜鹃：杜鹃叫声若人言“不如归去”之谐音。

（刘明浩）

题郑所南兰[1]

【题解】

郑所南即郑思肖，宋季诗人和画家。宋亡后，坐卧必南向，以示不忘宋室。善画墨兰，然不画土和根，寓宋国土沦亡之意。本诗赞颂郑思肖念念不忘故宋的操守，表达了

① 本诗选自《清闷阁集》卷八。

倪在元亡前夕眷念元朝的复杂思想感情。

秋风兰蕙化为茅[2]，南国凄凉气已消。只有所南心不改，泪泉和墨写离骚[3]。

② "秋风"句：化用屈原《离骚》句："兰芷变而不芳兮，荃蕙化而为茅。"暗指宋亡后，有些原本自命清高之徒变节仕元。③ 写离骚：兰是《离骚》中经常提到并用来比喻高洁品质的植物，故诗人称画兰为"写离骚"。

（刘明浩）

张宪（生卒年不详） 元诗人。字思廉，号玉笥生，山阴（今浙江绍兴）人。生活于元末战乱之时，为张士诚所招，历官太尉府参谋、枢密院都事。张败，变姓名遁走杭州。晚年寄食报国寺。其诗磊落激昂，豪气满怀。著作有《玉笥集》。

崖　山　行[①]

【题解】

崖山在广东新会市南大海中。南宋帝昺二年（1279），宋臣陆秀夫、张世杰拥帝遁逃至此。元军破崖山，宋君臣尽死，南宋亡。张宪此诗叙述崖山抗元失败的简略经过，颂扬了南宋军民坚贞不屈的民族气节和壮烈精神。

三宫衔璧国步绝[②]，烛天炎火随风灭[③]。间关海道续萤光[④]，力战崖山犹一决。午潮乐作兵合围，一字舟崩遂不支[⑤]。樯旗倒仆百

① 本诗选自《玉笥集》卷二。② 三宫：即宋恭帝赵㬎、太皇太后谢氏、太后全氏。衔璧：指国君降敌，语出《左传》。元世祖至元十三年，宋丞相陈宜中遣监察御史杨应奎奉传国玉玺及降表投元军。国步：国运。③“烛天”句：宋以火德王，火随风灭，喻指宋亡。④ 间关：辗转、曲折之意。续萤光：喻抗元力量虽微弱如萤虫之光，却不绝如缕。⑤“午潮”两句：元军进攻崖山，宋帅张世杰用联盘为垒之法，结大船千余艘，作一字阵，碇泊海中。元军乘涨潮时进攻，作军乐为号令，宋军败。

官散，十万健儿浮血尸[6]。皇天不遗一块肉[7]，一瓣香焚海舟覆[8]。犹有孤臣卧小楼，南面从容就刑戮[9]。

---

⑥ 十万健儿：在崖山海战中殉国的宋军官兵有十余万人。⑦“皇天”句：陆秀夫负帝同投海中，杨太后道：“我忍死至此，单为赵氏一块肉，今还有什么余望！”也投海死。⑧“一瓣”句：宋军败，张世杰突出重围，焚香祷天，不料大风覆所乘舟，张亦溺死。⑨“犹有”两句：孤臣指文天祥。文被俘后，送元都囚禁。临刑前，南面而拜，从容就义。

（刘明浩）

傅若金（1303—1342） 元诗人。初字汝励，改字与砺，新喻（今属江西）人。以异才荐，佐使安南，归，除广州文学教授，卒于官。傅诗风格不一，或简洁清秀，或雄浑悲壮，多得杜诗精粹。著作有《清江集》。

浑沌石行[①]

【题解】

此诗前有小序云："九江方叔高得武侯八阵碛中小石于其处，白质而黄章，状若鸡子，字曰'小浑沌'，揭艺文为作《浑沌公传》云。"诸葛亮曾以石块布成八卦阵图，浑沌石即阵中石块。揭艺文即揭傒斯，他曾任艺文监丞，故称。本诗借浑沌石赞颂诸葛亮的英雄业绩，写得出神入化，充满神话色彩。

浑沌以来不可数，万八千岁生盘古[②]。絪缊乃在卷石间，光怪潜通落星渚[③]。来从鱼腹人尽讶[④]，坐念武侯心独苦。八阵图成泣鬼

---

① 本诗选自《傅与砺诗集》卷三。② 盘古：传说中的开天辟地之神，日月星辰、山川草木都是由他死后的身体变成。③ 絪缊：万物之间的作用、变化。卷石：拳石，一小块石头。光怪：浑沌石之怪光杂色。星渚：小洲屿。此两句谓万物作用、变化使此浑沌石得到百般锻炼，最后落在此小岛屿附近。④ 鱼腹：地名，在今四川奉节县东，为三国刘备的白帝城所在，三峡即起于此。

神，三江石转凋寒暑[5]。苍波喷浸圆且坚，鸡子结成生理全[6]。久当化鸟非为怪，大未成羊亦可仙[7]。玉精隐月相照射，金液流霞纷绕缠[8]。轻清已判中黄外，元气犹含太素前[9]。英雄事往唯存石，天衡地轴今谁识。江上尝疑雾雨寒，坐中欻恐风雷黑[10]。摩挲直如见溟涬[11]，位置岂肯同沙砾。长路相将拂剑随，天阴勿使精灵得。

---

⑤ 三江：即蜀汉之岷江、涪江、沱江。⑥“苍波”两句：意为浑沌石经江水波浪的冲刷，变成坚硬的圆卵石。因得天地灵气，如同有了生命一样。⑦“久当”两句：意为浑沌石既有灵气，日久可化为鸟、羊。庾仲雍《湘州记》载零陵有石，遇风雨则化为鸟。《神仙传》载皇初平叱石成羊。⑧“玉精”两句：言浑沌石得月光隐约照射，又得水光及云露的浸润，更精美无比。⑨“轻清”两句：神话传说天地未分时宇宙一片浑沌如鸡卵，居中如卵黄，四周包以卵清。后盘古氏开天辟地，浑沌中气之轻而清者上升为天，重而浊者下沉为地。判：分。太素：天地未分之前的原始物质。此两句意为浑沌石从开天辟地时已获得轻而清的质地，自重而浊的卵黄中分离出来，其本身含有最原始的物质。⑩ 欻(xū)：忽然。⑪ 溟涬(xìng)：天地未形成前的自然元气，语出《庄子·在宥》。

（刘明浩）

拒马河[1]

【题解】

拒马河即古涞水，在今河北省境。东晋刘琨抗击石勒于此，故名。此河又与易水合流，多生发为易水故事。本诗写拒马河秋景，联想到荆轲易水送别事，悲壮苍凉。末二句可能对现实有所指，惜已无从考证。

落日苍茫里，秋风慷慨多。燕云余古色[2]，易水尚寒波。岸绝船通马，沙交路入河。行人悲旧事，含愤说荆轲。

---

① 本诗选自《傅与砺诗集》卷四。② 燕云：代指燕地。拒马河在古燕国境内，故称。

（刘明浩）

纳新（1309—？） 元诗人。一名迺贤，字易之，别号河朔外史。本突厥葛逻禄氏，世居金山（今新疆东北的阿尔泰山）之西，后寓居南阳（今属河南）。随兄宦游江浙，定居于鄞（今属浙江）。曾任东湖书院山长，顺帝至正间荐为翰林编修官。后出参桑哥失里军事，卒于军中。其诗多描绘名山大川、风物人情，清润流丽，自然真切。著作有《金台集》。

颍州老翁歌[①]

【题解】

至正四年（1344），河南大饥，次年瘟疫流行，民生凋蔽。此诗真实地记录这次灾荒的情形，揭露了官吏富豪对广大劳动人民的剥削，反映了人们希望风调雨顺、政清人和、生活安乐、社会太平的愿望。诗中描写人民的哀苦，用笔平淡，不事雕琢，却有较强艺术感染力。全诗结构似松却紧，行文似缓而迫，明危朴称此诗“格调则宗韩吏部，性情则同元道州”。颍州即今安徽省阜阳市，元时属河南行省。

颍州老翁病且羸，萧萧短发秋霜垂。手扶枯筇行复却[②]，探瓢匄食河之湄[③]。我哀其贫为顾问[④]，欲语哽咽吞声悲。自言城东昔大

---

① 本诗选自《金台集》卷一。② 筇（qióng）：竹杖。③ 匄（gài）：同“丐”。匄食：即讨饭。湄（méi）：岸。④ 顾问：垂询，询问。

户，腴田十顷桑阴围。阖门老稚三百指[⑤]，衣食尽足常熙熙。河南年来数亢旱，赤地千里黄尘飞。麦禾槁死粟不熟，长镵挂壁犁生衣[⑥]。黄堂太守足宴寝，鞭扑百姓穷膏脂。聒天丝竹夜酣饮，阳阳不问民啼饥。市中斗粟偿十千，饥人煮蕨供晨炊[⑦]。木皮剥尽草根死，妻子相对愁双眉。鹄形累累口生焰[⑧]，脔割饿莩无完肌[⑨]。奸民乘隙作大盗[⑩]，腰弓跨马纷驱驰。啸呼深林聚凶恶，狎弄剑槊摇旌旗。去年三月入州治，踞坐堂上如熊罴。长官邀迎吏再拜，馈送牛酒罗阶墀。城中豪家尽剽掠，况在村落人烟稀。裂囊剖筐取金帛，煮鸡杀狗施鞭笞。今年灾虐及陈颍，疫毒四起民流离。连村比屋相枕藉，纵有药石难扶治。一家十口不三日，藁束席卷埋荒陂。死生谁复顾骨肉，性命喘息悬毫厘。大孙十岁卖五千，小孙三岁投清漪[⑪]。至今平政桥下水[⑫]，髑髅白骨如山崖。绣衣使者肃风纪[⑬]，下车访察民疮痍[⑭]。绿章陈辞达九陛[⑮]，彻药减膳心忧危[⑯]。朝堂杂议会元老，恤荒讨贼劳深机。山东建节开大府，便宜斩礌扬天威[⑰]。亲军四出贼奔溃，渠魁

---

⑤三百指：意谓三十人。⑥ 镵(chán)：刨土工具。犁生衣：耕犁上生青苔。衣：此指青苔。全句意为由于农作物无收，耕具都闲置不用。⑦ 蕨：草本植物，嫩叶可食，地下茎可制淀粉。然粗糙味恶，难于下咽。⑧ 鹄(hú)形：鹄即天鹅，瘦而高，常以形容因长期饥饿而面黄肌瘦的人。口生焰；口内因干渴而冒烟。⑨ 脔割：切碎。饿莩(piǎo)：同"饿殍"，饿死的人。⑩ 奸民、大盗：都是对农民起义者的贬称。⑪ 投清漪：投入河中淹死。⑫ 平政桥：无考。应在颍州。⑬ 绣衣使者：即绣衣直指、绣衣御史，汉武帝置，出讨奸猾，治大狱。此为借指。⑭ 疮痍：病痛，疾苦。⑮ 绿章：道士上表天神用青藤纸，故名。此即指奏章。陛：宫殿的台阶。九陛：指高高在上的皇帝。⑯ 彻药减膳：言皇帝不服补药，减少菜肴品种，以示与百姓患难与共。彻：除去。⑰：礌同"砍"。

枭首乾坤夷。拜官纳粟循旧典，战士踊跃皆欢怡。淮南私廪久红腐[18]，转输岂惜千金资。遣官巡行勤抚慰，赈粟给币苏民疲。获存衰朽见今日，病骨尚尔难撑持。向非圣人念赤子，填委沟壑应无疑。老翁仰天泪如雨，我亦感激愁歔欷[19]。安得四海康且阜，五风十雨斯应期。长官廉平县令好，生民击壤歌清时[20]。愿言观风采诗者，慎勿废我颍州老翁哀苦辞。

---

⑱红腐：入仓陈久腐烂之米。⑲ 歔欷（xū xī）：愁叹状。⑳ 击壤：相传上古尧时，有老人击壤而歌："日出而作，日入而息，凿井而饮，耕田而食，帝何力于我哉？"后成为歌颂盛世太平的典故。

（刘明浩）

陈高（1314—1366） 元诗人。字子上，号不系舟渔者，温州平阳（今属浙江）人。元顺帝至正十四年进士，曾任庆元路录事。其诗前期多明丽俊爽之作，后期因得亲见旧朝河山变色，转而为苍凉愤抑。著作有《不系舟渔集》。

和陈君从中秋对月①

【题解】

本诗写中秋咏月，抒发了作者的壮志豪情。意境开阔，风格激昂。

海风吹月上江头，碧落沉沉白露秋②。对酒何人开绮席，题诗有客在江楼。一天星斗光全没，万古河山影不收。极目南溟仙岛近③，乘槎欲放钓鳌钩④。

---

① 本诗选自《不系舟渔集》卷七。② 碧落：指天空。白居易《长恨歌》："上穷碧落下黄泉。"③ 南溟：南海。④ 乘槎（chá）：乘木筏。《博物志》载有人乘槎而入天河。钓鳌（áo）：《列子》："渤海之东，有五山焉。帝使巨鳌十五，举首而载之。龙伯之国有大人，一钓而连六鳌，岱舆、员峤沉于大海。"后人多借用此事，以喻豪举。

（刘明浩）

郭钰（1316—？） 元诗人。字彦章，别号静思，吉水（今属江西）人。元末战乱，隐居不仕。入明，以茂才征，辞疾不就。为诗多愁苦之辞，凄恻感人。著作有《静思集》。

征 妇 别[1]

【题解】

本诗借征妇的口吻揭露兵役给人民带来的痛苦。“妇人在军古所忌”，今此妇公然被征入军，进一层说明了战争的残酷及其给人民带来的惨重灾难。虽质朴无华，却感人肺腑。

征妇临行晓妆薄，上堂辞姑双泪落[2]。含情欲诉哭声长，一段凄凉动林壑。从夫不辞行路羞，妇去谁为养姑谋。妇人在军古所忌[3]，今日召募如追囚。十年妇姑共甘苦，一室倒悬空四顾[4]。小郎早没更无人[5]，却把晨昏托邻妇[6]。情知送儿是埋儿，姑年老大莫苦悲。

---

① 本诗选自《静思集》卷五。② 姑：此指婆婆。③“妇人”句：语出杜甫《新婚别》诗：“妇人在军中，兵气恐不扬。”④ 一室倒悬：指家中一无所有，贫穷至极。⑤ 小郎：小叔子，丈夫的弟弟。⑥ 晨昏：古人以晨起及睡前向父母问候为晨昏定省。

万一军中废机杼，减米换衣当寄归。小旗叫呼催早别[7]，出门便成千里隔。今夜不闻唤妇声，愁心共挂天边月。

---

⑦ 小旗：指手执小旗的征兵者。

（刘明浩）

成廷珪（生卒年不详） 元诗人。好学不求仕进，惟以吟咏自娱。后遭世乱，避地扬州。其诗工深遒丽，雄迈飘逸，兼而有之。著作有《居竹轩集》。

春夜曲[①]

【题解】

本诗约写于文宗天历末（1329），时作者年二十余。主要写闺中少妇在春夜登楼望月，想起远在他乡的丈夫，不觉黯然伤神。诗意雅赡，用语典丽，却略有民歌乐府风味，为仿古闺怨诗作中之佼佼者。

芙蓉楼前拜新月[②]，宝鸭微熏透银叶[③]。吴山楚水送远游，不管闺中照离别。谁家玉钩飞上天，一似连环旧时缺[④]。缺多圆少将奈何，一寸愁肠万里结。为郎白苎裁春衣[⑤]，又恐月圆郎未归。

---

① 本诗选自《居竹轩集》卷一。② 芙蓉楼：在今湖南黔阳县境内。③ 宝鸭：香炉。古香炉多作鸭形，故名。银叶：指宝鸭背上银色叶形饰物。④ 玉钩：形容月亮未圆如钩。此两句谓月儿就像玉钩飞上了天，而此玉钩原系环状，后才残缺。⑤ 白苎（zhù）：白麻织的布料。

（刘明浩）

胡天游（生卒年不详） 元诗人。名乘龙，以字行，号松竹主人，岳州平江（今属湖南）人。元末农民起义军兴，隐居不出，自号傲轩氏。其诗豪迈不羁，跌宕多姿。著作有《傲轩吟稿》。

醉歌行[①]

【题解】

本诗约作于作者晚年（元亡前后），国事、家事均不得意之时。诗人效仿屈原《天问》，醉中问天，以抒愤闷，充满豪迈恣肆之精神。

醉中豪气如长虹，走上高楼叫天公。问天开辟今几年，有此日月何因缘。月者阴之魄，日者阳之精[②]。阴阳果何物，产此团团形。一如白玉盘，一似黄金钲。得非冶铸出，无乃磨琢成。茫茫太古初，二气才胚胎[③]。金乌从何出，玉兔从何来[④]。扶桑谁人种[⑤]，桂树何年栽[⑥]。东升何所自，西没从何游。胡为天地间，奔走不暂休。但见朝

---

① 本诗选自《傲轩吟稿》。② “月者”两句：古人分别以日、月为阳或阴之极端，故作者有此两句。魄：精华之意。③ “茫茫”两句：意谓在遥远的太古之初，阴、阳二气呈原始状态。④ 金乌：此指太阳，相传日中有三足乌。玉兔：月中之兔，此以借代“月”。⑤ 扶桑：神木，古谓为日出之处。⑥ 桂树：传说月中有桂树，玉兔在其下捣药。

朝暮暮无定辀[⑦]，但见波波汲汲如奔邮[⑧]。催得黄童变白叟，催得华屋成荒丘。催得秦王汉楚忽抔土[⑨]，催得黄河碧海无纤流。我有如渑酒[⑩]，劝天饮一石。愿天垂长绳，系此乌兔翼。一悬天之南，一挂天之北。安然不动照万国，无冬无夏无旦夕。百年三万六千作一刻，尽使世人老不得。

---

⑦ 辀(zhōu)：车辕。大车谓辕，兵车、田车、乘车谓辀。无定辀：意即车之大小、快慢不定。⑧ 奔邮：形容奔走迅速。⑨ 抔(póu)土：一握之土，比喻帝王功业弹指间化为尘土。⑩ 如渑酒：《左传·昭公十二年》："有酒如渑，有肉如陵。"渑：指渑水，出齐国临淄县，北入时水。此句言酒如渑水一般多。

（刘明浩）

詹同（生卒年不详） 元末明初诗人。字同文，原名书，婺源（今属江西）人。元季曾为郴州路学正，既而避兵乱，寓居黄州，陈友谅以为翰林学士承旨兼御史。元至正二十四年朱元璋攻克武昌，随师还南京，任国子监博士、考功郎等职，累官至学士承旨兼吏部尚书。诗文与宋濂、王袆、高启、杨基齐名，诗学汉魏，重风骨。著作有《天衢舒啸集》。

忆昔山居[1]

【题解】

此诗写诗人出仕后，倦于风尘劳碌，回忆起往昔山居时宁静自在的生活，不由感慨丛生。诗没有静止地描写山居生活的种种情景，而是通过主人接待来访夜客的叙述，把山居虽然穷困，却适情任意的生活形状一一道出。“白发落羁宦”的城中客，实际上是诗人现状的写照，而隐居山中的“我”则是诗人往昔未失本性的“真我”。诗以城中客和山中主人相映照，得出“穷达固各异，忧乐不可换”的结论，表现出诗人竭力追寻丢失了的“真我”的意愿。全诗字从句顺，如叙家常，却把一个极富个性的山中隐士刻画得栩栩如生。诗中接待客人的描写，明显仿效杜甫《赠卫八处士》一诗。

山居素幽僻，殊觉礼疏缓[2]。慎交非寡合，恐为世俗乱[3]。客从

---

① 本诗选自清抄本《天衢舒啸集》卷一。② 礼疏缓：疏慢不守礼法。③“慎交”两句：意为隐居山中，不愿广交朋友，是害怕被世俗迷乱了自己的本性。慎交：交游谨慎。

城中来，相见日已晏。云将适远方，尘土满衣汗。豹虎难宵征[④]，愿投一宿爨。岂不含苦辛？我亦曾客惯。呼儿出拜揖，偶发客笑粲[⑤]。老妻自中馈[⑥]，病仆行走慢。摘蔬仅盈筐，汲井绠忽断[⑦]。荐以小竹案，具以晚粟饭。家贫客勿怪，岁歉费难办。席地卧藁秸[⑧]，灯火语夜半。鸡鸣起栉沐[⑨]，残星尚明烂[⑩]。客辞出门去，风露亦不惮。我乃惓夙兴[⑪]，隔屋答呼唤。依然在衾枕，春雷响鼻观[⑫]。一入城市间，白发落羁宦。车马候晨钟，冠服待明旦。穷达固各异，忧乐不可换。焉得复山居，不为行路叹！

---

④ 宵征：夜行。⑤ 笑粲：露齿而笑。⑥ 中馈：古时指妇女在家主持饮食之事。⑦ 汲井：从井中提水。绠：提水的绳子。⑧ 藁（gǎo）秸：稻草。藁：同“稿”，稻麦的秆子。秸：农作物的茎秆。⑨ 栉沐：梳洗。⑩ 明烂：灿烂明亮。⑪ 惓：同“倦”。夙兴：早起。⑫ 鼻观：鼻息。

（黄　毅）

衮弄行[1]

【题解】

此诗前有小序云:"按蹴踘(踢球)始于轩后军中练武之剧,以革为圆囊,实以毛发。今则鼓之以气。又有兖弄、飞弄之技,不知始于何人。彭氏云秀,以女流清芬,挟是技道江海。叩之,谓有解一十有六。一日持赠轴,屡请诗于予。力不可却,因书其卷后。"此诗描写彭云秀蹴踘技艺之精妙,形象生动,从中也可见元末明初文人与市井艺人的密切关系。诗笔遒劲矫健和清丽秀奇兼而有之,虽受杜甫《观公孙大娘弟子舞剑器行》的影响,但无杜诗的兴亡之感。

彭家女儿十六七,蹴踘场中称第一[2]。只今年已二十余,满身衮弄尤精极[3]。碧玉钗横髻绾云,绡衣翠袖石榴裙。香尘不动白日暖[4],一十六解当呈君[5]。折旋左右疾复缓,金莲步步多奇玩[6]。得非瑶环连不开,无乃鸾胶续难断[7]!落花流水去复回,飞燕迎风聚

① 本诗选自清抄本《天衢舒啸集》卷二。② 蹴踘(cù jū):古代的一种足球运动,用以练武游乐。蹴:踢。踘:同"鞠",填塞毛发的实心皮球。③ 衮:连续不断。弄:戏弄。衮弄指连续不停地击球的技艺。④ 香尘:芳香之尘,多指女子之步履而起者。"香尘不动"言彭氏献技前的娴静之状。⑤ 解:指乐曲的章节或武术的套路。⑥ 金莲:《南史·齐东昏侯记》:"又凿金为莲花以贴地,令潘妃行其上,曰此步步生莲花也。"后人因此以金莲指女子纤足。奇玩:奇妙的花样。此句言彭氏步法轻盈奇妙。⑦ 瑶环:即玉连环,玉制的玩饰,纠缠难解。《战国策》云:"秦始皇尝使使者遗君王后玉连环,曰:'齐多知,而解此环不?'"鸾胶:又名续弦胶,相传仙人以凤喙麟角熬煎而成,可以粘合弓弩断弦。"得非"两句与下两句皆形容彭氏踢球之势如行云流水,连绵不断。

还散。场中一时百巧出，观者如山总惊叹。辽丸布射今有无[⑧]？女流此伎亦少如。岂独公孙大娘舞剑器，使人观之能草书[⑨]。

---

⑧ 辽丸：三国时魏将张辽，善打弹丸。布射：汉末吕布弓马娴熟，曾在辕门射戟解刘备之围，详见《三国志》。⑨"岂独"两句：据杜甫《观公孙大娘弟子舞剑器行序》说唐张旭善草书，观看公孙大娘舞剑器后，从中悟出书法的道理，草书大有长进。

（黄　毅）

图书在版编目（CIP）数据

宋元诗观止. 下 /《宋元诗观止》编委会编. —上海：学林出版社，2015.8
（中华传统文化观止丛书）
ISBN 978－7－5486－0905－6

Ⅰ.①宋…　Ⅱ.①宋…　Ⅲ.①古典诗歌—诗集—中国—宋元时期　Ⅳ.①I222.744

中国版本图书馆CIP数据核字（2015）第158602号

宋元诗观止（下）

编　　者——本书编委会
责任编辑——褚大为
封面设计——周剑峰

出　　版——上海世纪出版股份有限公司学林出版社
地址：上海市钦州南路81号　电话/传真：021-64515005
网址：www.xuelinpress.com
发　　行——上海世纪出版股份有限公司发行中心
地址：上海市福建中路193号　网址：www.ewen.co
排　　版——南京展望文化发展有限公司
印　　刷——上海展强印刷有限公司
开　　本——710 × 1020　1/16
印　　张——14.75
字　　数——22万
版　　次——2015年8月第1版
2015年8月第1次印刷
书　　号——ISBN 978-7-5486-0905-6/I・119
定　　价——44.00元